Die Insel von Dr. Morose

Mike Gagnon

Published by Mike Gagnon, 2025.

DIE INSEL VON DR. MOROSE

First edition. September 23, 2025.

Copyright © 2025 Mike Gagnon.

ISBN: 978-1988369716

Written by Mike Gagnon.

KAPITEL 1

Eine Leiche mit großen Augen starrte zum Himmel auf. Die strahlende Sonne schien auf sein braunes Gesicht herab, gelegentlich unterbrochen vom Schatten eines Palmenblattes, das im leichten, warmen Wind schwankte. Er stank und faulte vor Fäulnis.

Der Wind nahm zu, wurde stark und kräftig und wehte die Haarsträhne, die er zurückgelassen hatte, zur Seite. Seine Haut war dunkel und seine Kleidung war grün und stark, typisch für die Ureinwohner dieser tropischen Insel vor der Küste von Haiti. Sein ganzer Körper war verdorrt und ausgetrocknet, weil er den Elementen ausgesetzt war.

Er wirkte mumifiziert, genau wie man es von jeder anderen Leiche erwarten würde, die in den rauen tropischen Elementen zurückgeblieben ist, mit der Ausnahme, dass sie sich bewegte. Die Leiche lief, schlurfte den Strand hinunter, die Augen waren auf den Himmel gerichtet und die Palmen schwankten. Die Schönheit des tropischen Paradieses, komplett mit Salzwasser, das den weißen Sandstrand der Küste überflutete, ging der Kreatur verloren. Der Gesichtsausdruck der wackelnden Kreatur sah leicht verwirrt aus. Vielleicht ging es um ihren Zustand, vielleicht darum, warum sie von einem so unersättlichen Hunger verzehrt wurde, oder vielleicht auch nur das Hackgeräusch, das in der Brise schwebte und von Sekunde zu Sekunde lauter wurde. Unerwarteterweise trug die Leiche etwas Einzigartiges. Ein helles, glänzendes, metallisches Halsband, das dem einfachen Einheimischen fremd ist. Ein langer Dorn an der Innenseite des Halsbandes stach fest in die Wirbelsäule des schlampelnden Monsters.

„Gaah?" der Zombie stöhnte vor Qual.

Das Geräusch von Wust, Wump, Wump kam näher und lauter und war für jeden, der kein haitianischer Zombie war, als herannahender Hubschrauber erkennbar. Schon bald richteten sich die weiten, toten Augen des verwirrten Zombies auf den lauten Hubschrauber, der am

Himmel heranwuchs. Das Flugzeug schwebte langsam über der Insel. Der Zombie stand einfach da und starrte mit offenem Mund.

Jemand im Helikopter blickte zurück.

„Verdammte, dreckige, stinkende Zombies!" sagte ein dunkelhäutiger schwarzer Mann, der einen Kom-Helm und eine angewiderte Grimasse im Gesicht trug.

Der Mann hieß Zeb, und er war Charter-Hubschrauberpilot geworden, nachdem er in den Vorruhestand von der US Air Force ausgeschieden war.

Im Cockpit drückte Zeb langsam auf seine Bedienelemente und senkte den Hubschrauber, während er weiterhin seinen Abscheu zum Ausdruck brachte. Eine Frau mit dunklem Haar und hispanischen Gesichtszügen saß im Laderaum. Ihr schulterlanges Haar baumelte über einem dünnen türkisfarbenen Tanktop und Cargoshorts, die fast klein genug waren, um einen Slip zu tragen. Obwohl die Kleidung gerade genug war, um ihren straffen und wie im Fitnessstudio getönten Körper zu verdecken, hatten die Shorts genug Taschen, um alle Utensilien aufzunehmen, die sie für ihren Job als Enthüllungsjournalistin benötigte. Ihr Name war Marija. Neben ihr saß ein junger Mann mit heller Haut und Ingwerhaaren und einem passenden Ingwerbart namens Jeremy. Jeremy trug schwere, viel dickere Cargoshorts und ein T-Shirt. Trotz der Zunahme an Material hatten die Shorts, die er trug, keine Hoffnung, all seine Vorräte aufzunehmen, nicht dass er zu groß für seine Kleidung war; er war in guter Form für einen Hochschulabsolventen, der gerade die gleiche Zeit mit Feiern verbracht hatte wie mit Lernen. Er musste einen schwarzen Seesack schleppen, der auf der Bank neben ihm lag, um sicherzugehen, dass er alle für seine Arbeit benötigten Utensilien dabei hatte. Jeremy war Marijas Fotograf bei diesem Auftrag für ihren Arbeitgeber, das Timely Magazine.

Jeremy staunte über die makabre Szene. Der junge Mann steckte ein langes Teleobjektiv auf seine Kamera, das für qualitativ hochwertige Fotos vorgesehen war, und hob es an. Er richtete sein Objektiv auf den

Zombie, der vom Strand aus starrte, zielte auf die durcheinander geratene Leiche ab und knipste einige Bilder ab. Der Zombie nahm auf jedem aufeinanderfolgenden Foto mehr und mehr Bildausschnitt ein, als der Helikopter in den weichen, weißen Sand abstieg.

„Eine ganze verdammte Insel von ihnen!" Zeb machte weiter.

„Uff! Sie sehen so eklig aus!" Marija mischte sich ein.

„Nenn mich verrückt, aber ich finde es cool", antwortete Jeremy, versunken in die Analyse des Lebens um ihn herum durch seine Linse.

Marija gab Jeremy einen spielerischen Schubs und lächelte.

„Okay. Du bist verrückt!" Marija hat geflirtet.

Er grinste, als er sich drängelte und seine Kamera mit einer Hand in die Luft hob.

„Haha! Vielleicht bin ich das!" Jeremy stimmte zu.

Jeremys Fotoobjektiv kehrte bald wieder in das verwirrte Gesicht des Zombies zurück, der auf den Hubschrauber starrte. Das Klicken und Surren seiner Kamera war über den ohrenbetäubenden Triebwerken des Hubschraubers nicht hörbar.

Der Helikopter senkte sich langsam zum Strand und schlängelte sich behutsam auf und ab, als hätte die Maschine selbst eine eigene Intelligenz und zögerte genauso wenig, an diesem Ort zu landen wie der Pilot. In der Ferne, etwa 40 Meter entfernt, hinter dem Sand und dem verblüfften Zombie, stand ein strahlend weißes Gebäude im Bungalowstil.

Der Zombie stand auf und starrte Jeremy und Marija an, immer noch verblüfft, während Marija nervös zurückblickte. Jeremy machte dauernd Fotos.

Zeb saß kühl an der Steuerung, als er die Motoren abstellte. Die Requisite drehte sich weiter und bläste in einem Wirbelwind Luft herum, wodurch sich die Haare aller hin und her drängelten, als ob sie von einem Wirbelsturm erfasst worden wären.

Ein Team von Ärzten in Laborkitteln ging schnell in einer einzigen Reihe von den Glastüren des weißen Gebäudes über den Sand auf die

Neuankömmlinge am Strand zu. Dies waren die Ärzte Schmidt, Romero und Hugo.

Die Ärzte näherten sich dem Hubschrauber und gingen alle hintereinander. Romero führte das Rudel an. Atlas Romero war ein kräftiger, jovialer Kerl mit mittellangen schwarzen Haaren und weißen Streifen, die Flügel bildeten, an der Seite seines Kopfes.

Über Romeros Haarsträuchern erstrahlte eine kahle Spitze in der Sonne. Romeros getrimmter Ziegenbart entsprach der zweifarbigen Farbgebung seines Haares. Deiter Schmidt war in jeder Hinsicht Romeros Gegenteil: groß, fit, mit breiter Brust, quadratischem Kiefer und gutaussehend. Ein perfektes Beispiel für seine deutsche Herkunft, bis auf sein dunkles, schwarzes Haar. Das einzige, was Schmidt und Romero körperlich gemeinsam hatten, war eine Ähnlichkeit im Alter, beide waren Mitte fünfzig. Hugo war eigentlich Hugo Schmidt, Dr. Schmidts Sohn. Obwohl er halb so alt war wie sein Vater und etwas schwerer gebaut war, war die Familienähnlichkeit offensichtlich. Die Ärzte hatten alle den Kopf gesenkt und die Arme ausgestreckt, um ihr Gesicht vor dem Wind und dem Sand zu schützen, verursacht durch die wirbelnde Klingen über dem Hubschrauber. Andere Zombies waren gekommen, um zuzusehen, wie sie ziellos am Strand herumliefen, alle mit robotergesteuerten Halsbändern.

Jeremy klickte mit seiner Kamera weitere Fotos ab.

Zeb drehte sich von seinem Vordersitz um und sprach Marija und Jeremy sehr abrupt an, was sie erschreckte und ihre Aufmerksamkeit wieder auf die Welt im Hubschrauber lenkte.

„An diesen Dingern ist nichts Cooles! Sie sind gefährlich! Geh zurück zu diesem Hubschrauber, wenn du dich nicht sicher fühlst, verstanden?" Zeb bellte.

Jeremy streckte die Hand aus und legte eine Hand auf die Schulter seines Freundes. Er sah besorgt aus.

„Natürlich. Mann, es tut mir so leid, ich habe nicht gedacht... ", entschuldigte sich Jeremy.

Das Geräusch einer räusperten Kehle hinter ihnen erschreckte die Gruppe und lenkte die Aufmerksamkeit aller drei wieder auf die offene Seite des Hubschraubers. Dr. Schmidt stand da und streckte seine Hand einleitend auf Marija aus.

„Willkommen auf der Ile de la Gonave...", sagte Schmidt mit einem breiten Grinsen.

Schmidt stand weiter in der Tür, schüttelte Marija die Hand und deutete dann auf Dr. Romero und Hugo, die neben ihm standen.

„Ich bin Dr. Dieter Schmidt. Das ist mein Assistent, Dr. Atlas Romero, und dieser hübsche Junge ist mein Sohn Hugo „, erklärte Schmidt.

Der Senior Schmidt half Marija aus dem Hubschrauber, als Jeremy begann, seine gesamte Kameraausrüstung und Taschen an die Seite des Hubschraubers zu ziehen.

„Folgt uns einfach rein und lasst all eure Koffer da. Die Bediensteten werden sie holen „, erklärte Romero.

Hugo, Romero, Schmidt, Zeb, Marija und Jeremy gingen alle in einer einzigen Reihe über den tiefweißen Sand auf die schweren Stahl- und verstärkten Glastüren von Schmidts Forschungsgelände zu. Ein kurzes Stück hinter der Reihe der Lebenden folgte eine Prozession von Zombies, die jeweils Gepäck aus dem Hubschrauber trugen. Jeremy blickte zurück und richtete dann seinen Blick auf Marija. Sie hatte auch zurückgeschaut, und die beiden teilten einen Moment des Verständnisses mit großen Augen. Jeremy deutete etwas nervös auf die Zombie-Bediensteten zurück.

„Okay, das ist irgendwie gruselig..." Er schauderte.

Augenblicke später führte Schmidt die Gruppe in einen schwach beleuchteten Konferenzraum mit niedrigen Decken. Sitze und Tische waren im ganzen Raum angeordnet, und ein digitaler Projektor stand auf einem Podium in der Mitte des Zimmer. Schmidt stand leicht auf einer Seite des weißen Bildschirms, der an der Wand befestigt war. Der Bildschirm bemühte sich, das Umgebungslicht um ihn herum von der

Vorderseite des Raums zu reflektieren. Mit einer breiten, schwungvollen Geste lenkte Schmidts ausgestreckter Arm die Gruppe zu ihren Sitzen. Romero stand im Raum und hielt die Tür für den Rest der Gruppe offen, als sie eintraten.

Die Sitze erinnerten Jeremy an die kleinen Schreibtische, die an kleinen Holzstühlen befestigt waren, wie im Kindergarten, nur größer.

„Die Bediensteten werden deine Koffer auf deine Zimmer bringen. Wenn Sie alle Platz nehmen, erklären wir Ihnen, wie unsere laufenden Experimente das Leben, das wir auf der Insel genießen, ermöglicht haben „, kündigte Schmidt an, als würde er vor einem viel größeren Publikum üben.

Marija zog schnell einen kleinen Digitalrekorder aus einer ihrer Taschen, als sie auf den ersten verfügbaren Platz vorne im Raum rutschte. Sie wollte unbedingt anfangen. Die feurige Latina wurde schnell ernst mit einem strengen Gesichtsausdruck.

Sie konnte es kaum erwarten, Schmidt mit Fragen anzuspringen. „Warum machen Sie sich überhaupt die Mühe zu arbeiten, Doktor? Nicht genug Zombies, um all deine Experimente durchzuführen?"

Der Wohltäter und leitende Wissenschaftler der Insel hielt zur Scheinverteidigung die Hände hoch, als würde er einen Angreifer zurückdrängen. Sein Gesicht sah müde aus und seine Stimmung war abweisend. Er stand vorne im Raum, sein Körper verdunkelte teilweise das Licht des Projektors.

„Jetzt warten Sie, Frau Esteban! Ich schätze das Interesse des Timely Magazine an meiner Arbeit, aber lassen Sie uns mich noch nicht kreuzigen, okay?" Schmidt antwortete mit milder Verteidigung.

Dr. Romero winkte mit den Händen, als wollte er die Uneinigkeit vertuschen, damit sie mit der geplanten Präsentation fortfahren konnten. Er und Dr. Schmidt bewegten sich, jeder auf beiden Seiten der Leinwand, während Hugo hinter dem Podium stand und den Projektor ansteuerte.

Jeder Arzt hielt einen langen Plastikzeiger in der Hand. Romero zeigte auf den Bildschirm, räusperte sich und bereitete sich auf ein Gespräch vor. Das weiße Licht auf dem Bildschirm erwachte mit einem körnigen Video zum Leben, in dem ein Mob von Zombies unschuldige Käufer in einem großen Einkaufszentrum verschlang.

„Wie Sie wissen, brach 2018 ‚Die Zombie-Pest‘, wie sie von den Medien genannt wird, aus und hätte fast den Zusammenbruch der westlichen Gesellschaft, wie wir sie kennen, verursacht", erklärte Romero.

Ein neues Bild rutschte über den Bildschirm, auf dem ein klug aussehender Wissenschaftler in einem Laborkittel ein Reagenzglas mit Flüssigkeit gegen das Licht hält und es sich ansah.

„Die brillantesten Köpfe der Welt waren bisher nicht in der Lage, eine Ursache... oder ein Heilmittel zu finden", fuhr Romero fort.

Romero hob seinen Zeiger auf den Bildschirm. Der Bildschirm zeigte eine Karte von Nordamerika. Die Karte wies in Teilen einiger Bundesstaaten dunkle, fleckige Bereiche auf. Die Flecken breiteten sich aus, wurden größer und bedeckten riesige Gebiete. Miami, die östliche Hälfte von British Columbia, die südliche Hälfte Kaliforniens, die Wüste Nevadas, Teile Neuenglands und Teile von Texas lagen allesamt im Schatten.

„Während unsere Regierung Quarantänezonen schuf, um die Zombies zu isolieren, schuf der angesehene Dr. Dieter Schmidt", machte Romero eine Pause, um einen dramatischen Effekt zu erzielen und ein Objekt auf einem Tisch in der Nähe aufzuheben, „das!"

Romero hob einen glänzenden Metallgegenstand hoch über seinen Kopf, eines der kybernetischen Zombie-Kontrollhalsbänder. Es war nicht verriegelt, also war eine Seite offen, was ihm eine runde, sichelförmige Form verlieh.

Romeros Hände umklammerten das Halsband fest auf beiden Seiten. Auf der Rückseite des Kragens ragten zwei glänzende, scharfe Stacheln nach innen. Die Stacheln befanden sich in der Mitte des

Halsbandes und zeigten nach innen. Es war leicht, sich vorzustellen, wie sie in das Rückenmark einer Person stachen, wenn sie das Pech hatte, es zu tragen.

„Das kybernetische Kontrollhalsband!" Romero proklamierte.

Nun meldete sich Dr. Schmidt zu Wort und zeigte von der anderen Seite des Bildschirms mit seinem langen Plastikstab auf ein Diagramm, das auf dem Bildschirm aufblitzte und das vorherige Bild ersetzte. Das Diagramm war eine Zeichnung von Kopf, Hals und Schultern eines Zombies, die verdeutlichte, wie und wo das Halsband um den Hals eines Zombies passte. Es zeigte, wie sich die Stacheln in das Rückenmark graben würden.

„Das Halsband greift direkt in das Zentralnervensystem ein und filtert alle elektronischen Gehirnimpulse heraus. Das verhindert Angriffe und erzeugt Impulse, gehorsam zu reagieren ", erklärte Dr. Schmidt.

Auf dem Bildschirm wurde eine Nahaufnahme einer Karte der tropischen Inseln Haitis und der umliegenden Regionen angezeigt. Vor der Westküste Haitis, im Meer, befand sich eine Insel, die mit einem gelben Kreis hervorgehoben war. Die Insel wurde „Ile de la Gonave, Haiti" genannt.

Dr. Romeros Zeiger tippte auf die Insel auf dem Bild auf dem Bildschirm.

„Während der Rest der Welt in Panik geriet, perfektionierte Dr. Schmidt seinen Prozess... hier!" Romero proklamierte.

Das Filmmaterial auf dem Bildschirm wurde jetzt zu einem Foto eines tropischen Paradieses am Pool. Palmen und Sonnenschirme ragten stolz in den Himmel.

Rund um den Pool saßen dicke, weiße, wohlhabend aussehende Menschen mittleren Alters in Badeanzügen, die auf Liegestühlen lagen. Erwachsene Kinder oder Mätressen tummelten sich in Bikinis und Badeanzügen am Pool. Sie wurden alle von Zombies mit Kontrollhalsbändern bedient und auf sie gewartet. Die Zombies brachten ihnen Getränke, Handtücher und alles andere, was sie sich gewünscht hatten. Einige fächerten die Menschen sogar sanft mit großen Palmblättern auf.

„Wir schaffen ein Paradies für die Elite und Reichen der Welt!" rief Romero stolz aus.

Romero blickte zurück in den Raum und erwartete, die gleiche Aufregung zu sehen, die er in den Gesichtern seines Publikums verspürte. Verwirrung breitete sich in seinem Gesicht aus, als er nicht die unmittelbare Reaktion sah, die er erwartet hatte. Hugo sah sich auch von seiner Position hinter dem Projektor aus mit einem breiten, stolzen Lächeln im Raum um.

Zeb starrte die Männer der Wissenschaft angewidert an. Marija, deren Rekorder immer noch ausgeschaltet war, hatte einen strengen, wütenden Gesichtsausdruck mit hochgezogenen Augenbrauen. Jeremy sah einfach verblüfft aus.

„Whoa", murmelte Jeremy.

Marija schob ihren Rekorder in Dr. Schmidts Richtung und begann, ihm anklagende Fragen zu stellen.

„Verlierst du nachts den Schlaf, obwohl du weißt, dass du Menschen versklavt hast, die vielleicht von ihren Lieben nach ihnen gesucht haben?"

Schmidt hob erneut seine Hände zur Scheinverteidigung und kicherte, als er auf Marijas spitzes Graben antwortete.

„Ha. Nun, Ms. Esteban, Sie wissen so gut wie ich, dass Zombies laut Gesetz keine Rechte haben. Tatsächlich kam der UN-Rat zu dem Schluss, dass jegliche Forschung, die das Zombie-Problem lösen könnte, im Interesse der menschlichen Sicherheit

sollte alle Rechte der nächsten Angehörigen ersetzen."

Romero trat grinsend vor und warf ein, bevor aus der Frage ein Streit wurde. Schmidt grinste glücklich von hinten.

„Ich weiß, ihr seid alle aufgeregt, aber morgen bleibt genug Zeit für weitere Fragen und Antworten. In der Zwischenzeit hoffen wir, dass Sie mit uns zu einem Abendessen am Strand kommen."

KAPITEL 2

Bevor irgendjemand protestieren konnte oder Marija weitere Fragen stellen konnte, wurde die Gruppe aus dem Raum in den Flur gelotst.

Nach einem flotten Spaziergang von etwa 10 Metern wurden die Mitarbeiter des Timely Magazine durch eine weitere schwere Stahl- und Glastür geführt und zu ihren Sitzen geführt, wo sich auch Zombie-Kellner befanden. Jeder von ihnen schwirrte langsam, aber aufrecht wie so viel sie konnten und ahmten dabei die perfekte Haltung eines Dieners nach.

„Meine Kollegen und ich werden uns für kurze Zeit in unser eigenes Quartier zurückziehen, um aus der Laborkleidung auszuziehen und etwas Bequemeres anzuziehen", erklärte Schmidt.

Als die Gäste vom Festland ihre Plätze einnahmen, begann eine Prozession von Zombies, die den Tisch deckten und allerlei köstlich riechende Speisen und Getränke an den Tisch brachten. Die Leichen kamen in einer Reihe von Palmen hervor, vermutlich aus einem Küchen- oder Speisegebäude, das vom Aussichtspunkt des Tisches aus nicht sichtbar war. Die servierten Zombies trugen ein einzigartiges Gewand und wechselten zwischen Butlers Hüten und Hüten aus tropischen Früchten wie der Bananenfrau von Chiquita.

Marija war verwirrt, als sie feststellte, dass die männlichen Leichen Anzüge tragen mussten, während die weiblichen Leichen stereotype tropische Prinzessinnenkostüme trugen.

Die Besucher waren verblüfft beim Anblick eines Tisches, der für ein Festmahl von untoten Leichen gedeckt wurde, die sich an ihnen erfreut hätten, wenn sie nicht unter der vollständigen Kontrolle ihrer Roboterhalsbänder gestanden hätten.

Nach ungefähr 30 Minuten, die sich wie drei Stunden anfühlten, gesellten sich ihre Gastgeber wieder zu der Gruppe. Jeder der Wissenschaftler trug nun leuchtende Hawaiihemden mit Blumenmuster, bunte Blumenkleider, Cargo-Shorts und Sandalen an den Füßen statt der Arbeitsstiefel, die sie zuvor getragen hatten. Dr. Schmidt wurde von einer attraktiven platinblonden Frau mittleren Alters in einem geschwollenen hellgelben Sommerkleid begleitet. Marija fragte sich, wann sie die Gelegenheit bekommen würde, sich auszuziehen und es sich bequemer zu machen. Zu den Wissenschaftlern in Urlaubskleidung gesellte sich auch eine Handvoll älterer und wohlhabender Inselbewohner, deren Geld all das finanziert hatte, plus Schmidts Forschungen zu Untoten.

Die Sonne war fast vollständig untergegangen. Die Gruppe, die sich um den Esstisch versammelt hatte, konnte nur einen kleinen roten Streifen davon sehen, der immer noch über dem Wasser leuchtete. Ein rotes Leuchten spiegelte sich im Meerwasser und am weißen Sandstrand, der sie umgab, wider.

Dr. Schmidt stand an der Spitze des Tisches, am anderen Ende seiner Gäste. Der Tisch war mit lodernden Tiki-Fackeln geschmückt, die von den schlurfenden untoten Dienern aufgestellt und beleuchtet wurden, die nichts von der Angst vor Flammen zeigten, die die Gäste von der Beobachtung „wilder" Zombies gewohnt waren.

Die Zombie-Bediensteten schlenderten weiter hin und her zum und vom Tisch und brachten immer noch einen schier endlosen Vorrat an Lebensmitteln auf den Tisch und auch Tabletts mit Champagnergläsern. Der Tisch war nun mit einem großen Buffet bedeckt: gebratenes Schwein, Roastbeef, Ananas, Kartoffelpüree, saftige Kokosnusskuchen, die größten gerösteten Karotten, die jemand, der es nicht gewohnt war, auf der Insel zu essen, je gesehen hatte, und vieles mehr.

„WILLKOMMEN!" Proklamierte Schmidt.

Schmidt, der immer noch mit einer großen, schwungvollen Geste dastand, stellte seine Crew und seine Verwandten vor, die vor ihm am Tisch saßen.

„Sie haben Dr. Atlas Romero und meinen brillanten Sohn Hugo getroffen. Das ist meine hinreißend schöne Frau Doreen!"

Romero und Hugo saßen sich am Tisch gegenüber und blickten beide mit einem Grinsen im Gesicht vom Tisch hinunter auf ihre Gäste.

Schmidts Frau Doreen war ein bisschen dick. Bei näherer Betrachtung war ihr Haar wahrscheinlich viel dunkler blond gewesen, als sie jünger war; das Weiß, das sich darin einschlich, gab ihr den Anschein, platinblond gewesen zu sein. Zumindest vermutete das Marija. Sie sah freundlich aus, errötete und grinste über die Komplimente ihres Mannes.

Schmidt hob sein Sektglas hoch, um auf die am Tisch Sitzenden anzustoßen. Seine Nase und seine Wangen waren rosig, ein Zeichen dafür, dass er sich bereits alkoholische Getränke gegönnt hatte, bevor er sich wieder mit seinen Gästen zum Abendessen getroffen hatte.

„Ich möchte einen Toast vorschlagen! An unsere Freunde vom Timely Magazine, die hier sind, um Neuigkeiten aus unserem Paradies an den Rest der Welt zu senden!"

Zeb und Jeremy saßen nebeneinander am Tisch. Ein Zombie-Arm ragte zwischen ihnen heraus, um einen Teller mit Hühnerflügeln auf den Tisch vor ihnen zu stellen. Beide Männer drehten ihre Köpfe einander zu, die Augen vor Entsetzen aufgerissen, und starrten auf den verrottenden Zombie-Arm, der zwischen ihnen auftauchte.

Ein Zombie mit einer Fliege und einem Serviertablett in einer Hand beugte sich über Marijas Schulter, um ihr Champagnerglas nachzufüllen. Dieser Zombie war zersetzter als einige der anderen und hatte eine Aura der Fäulnis um ihn herum. Marijas Gesicht verdrehte sich vor Abscheu. Sie starrte die ahnungslose animierte Leiche an, als sie sich von dem Zombie weglehnte, der in ihren persönlichen Bereich eingedrungen war. Sie entfernte sich so weit wie möglich von dem Zombie und hob ihre Arme, um sich selbst zu verteidigen. Der faulige Geruch war bis zu dem Moment unentdeckt geblieben, als Marija zum ungünstigsten Zeitpunkt die Nase runzelte und in der Luft schnupperte.

Als sich der Zombie umdrehte, um wegzugehen, wölbten sich Marijas Augen vor Abscheu vor dem Geruch. Sie legte schnell ihre Hand auf ihren Mund und hinderte sie daran, sich zu übergeben. Einer der reichen Leute, die Marija, einer älteren Dame, gegenüber am Tisch saßen, hatte große Augen vor Schock. Die Frau war nicht entsetzt über die schlurfenden Leichen, an die sie sich gewöhnt hatte, sondern über Marijas würgende Geräusche.

„Urghhh... Hrrumph..." war das einzige, was den Worten aus Marijas Mund nahe kam.

Die Prominente auf der gegenüberliegenden Seite des Tisches gewann ihre Fassung zurück. Sie hatte jetzt ihren Kopf nach oben geneigt, streckte ihre Nase in die Luft und starrte auf Marija herab. Marija knebelte immer noch und sah den Zombie mit panischen Augen von der Seite an, als er davonschlurfte.

„Ihr Geruchssinn wird sich mit der Zeit anpassen. Man sagt, es ist wie auf einer Farm zu leben „, tröstete die hochnäsige alte Frau.

„Hurk" war die einzige Antwort, die Marija aufbringen konnte.

Marija rannte von ihrem Stuhl und rannte in die Dunkelheit und hinter den nahegelegenen Palmenvorsprung, während die verwirrte Frau zusah und ein wenig verwirrt aussah.

„Guguk", murmelte Marija in der Dunkelheit.

Am Tisch grinsten Zeb und Jeremy nervös, weil es durch die Geräusche von Marija, die sich im Hintergrund erbrach, peinlich waren, was einige der Gastgeber und andere Gäste zu bemerken begannen.

„HURUCK!" Marija taumelte laut.

Zeb stand auf und wandte sich nervös an den Tisch. Er versuchte zu tun, was er für richtig hielt, da er der Diplomat ihrer Gruppe war, so wie Marija es getan hätte.

„Im Namen unserer Crew danke ich dir für deine Gastfreundschaft und dafür, dass du uns deine Geschichte für das Timely Magazine erzählt hast", dankte Zeb.

„PLÄRRT!" Marija erbrach sich laut hinter den Bäumen.

Zeb, der immer noch stand und ein wenig schockiert war, sah auf Jeremy herab. Der Fotograf lehnte sich jetzt bequem in seinem Stuhl nach hinten, ein tropisches Schirmgetränk in der einen Hand und biss in der anderen Hand aus einer großen Hühnerkeule, während Zeb sprach. Ein Zombie brachte eine neue Schüssel mit Kartoffelpüree auf den

Tisch, um die leere Schale zu ersetzen, die jetzt vor Jeremy saß, der die schlurfenden Untoten überhaupt nicht mehr zu bemerken schien.

„Also, wann bringen diese Typen den Nachtisch raus?" Jeremy fragte glücklich.

„HU-HU-HURAAAK!" hat Marija im Hintergrund geknebelt.

KAPITEL 3

Ungefähr 20 Minuten später waren die Desserts und ein paar peinliche Entschuldigungen fertig. Romero, Schmidt und Hugo eskortierten das Nachrichtenteam zurück durch die beiden großen Stahltüren, die sie zuvor verlassen hatten, und zurück in den langen, breiten Korridor. Der Flur war auf der rechten Seite mit Türen gesäumt. Schmidt erklärte, dass dies die Gästequartiere waren, die sich hinter der Forschungseinrichtung befanden.

„Ich hoffe, Sie finden unser Gästezimmer am zuvorkommendsten", erklärte Schmidt. „Jedes Zimmer hat ein eigenes Luxusbad mit Jacuzzi, einen großen und gut bestückten Barkühlschrank und vieles mehr."

„Verdammt!" rief Jeremy aus.

„Ihr findet euer Gepäck in euren Zimmern. Solltest du etwas benötigen, nimm einfach den Hörer in deinem Zimmer ab. Es geht direkt an jeden, der Dienst hat „, schloss Schmidt.

Dr. Schmidt sah stolz aus, nachdem er mit den Gästeunterkünften geprahlt hatte. Er hing am Revers des Laborkittels, den er locker über seiner Strandkleidung angezogen hatte. Marija drehte sich zu Romero um, errötete, sah schüchtern und verlegen aus.

„Ich weiß, dass ich das schon gesagt habe und du sagtest, es sei okay, aber das mit dem Abendessen tut mir so leid. Es ist mir so peinlich."

Alle drei Wissenschaftler grinsten ihre Gäste und sich gegenseitig an. Romero antwortete mit einem breiten, bezaubernden Grinsen auf die errötende Marija.

„Es ist okay. Das passiert jedem beim ersten Mal „, tröstete Romero.

Und damit löste sich die Zusammenkunft von Wissenschaftlern und Journalisten auf und jeder ging in seine jeweilige Unterkunft.

Augenblicke später durchwühlte Jeremy seine abgenutzten Ledertaschen mit verzerrtem Gesicht und murmelte vor Frustration.

„Sie müssen meinen Objektivbeutel ins falsche Zimmer gebracht haben!" rief Jeremy aus.

Jeremy schloss die Tür zu seinem Zimmer hinter sich, als er den Flur betrat.

„Ich erkundige mich zuerst bei Marija!" Jeremy dachte bei sich. „Ich habe gesehen, wie Romero sie angemacht hat. Abschaumbeutel! Ich glaube, es ist an der Zeit, dass ich ihr sage, wie viel sie mir bedeutet!"

Jeremys Hand klopfte schnell an Marijas Tür.

„Klopf an! Klopf!"

„Komm rein!" Marijas Stimme erschallte aus dem Zimmer.

Jeremy öffnete langsam die Tür, gerade genug, um mit dem Kopf in den Raum zu schauen.

„Hallo Marija! Hast du meinen Objektivbeutel gesehen?" Fragte Jeremy.

„Ja, ich glaube, ich habe es mit meinen Taschen neben dem Bett gesehen. Komm rein „, rief ihre Stimme aus dem luxuriösen Badezimmer.

Jeremy trat ein und huschte schnell. Er war sich im Hinterkopf unsicher, dass Marija nur höflich war, und er könnte in einem indiskreten Moment in ihre Privatsphäre eingedrungen sein. Es gibt nichts Schöneres, als deine Chancen mit einer Frau zu ruinieren, indem du sie irritierst, während sie versucht, eine Müllkippe zu machen. Er durchwühlte schnell das Gepäck, das sich neben Marijas Bett stapelte, und holte seine Lederlinsentasche heraus.

„Hab es gefunden! Danke!" Jeremy hat gerufen.

„Kein Problem! Ich schaue mir gerade dieses Badezimmer an, es ist unglaublich!" Marija hat zurückgerufen.

Jeremy konnte den sehr freundlichen und glücklichen Ton von Marijas Stimme hören, die sich in Richtung der offenen Badezimmertür bewegte, also blickte er natürlich auf, obwohl er sich bereits auf die Tür zubewegte, um seiner Kollegin ihre Privatsphäre zurückzugeben. Das helle Flutlicht aus dem Badezimmer leuchtete so hell, dass er nur die Silhouette ihres Körpers sehen konnte. Seine Augen wölbten sich. Sein Mund öffnete sich vor Überraschung weit. Er war verblüfft in der Stille, erstarrte vor Schock. Obwohl er nicht alle Details erkennen konnte,

konnte er erkennen, dass die Form und die Kurven von Marija völlig
nackt da standen.

„Du solltest kommen und dir diesen Jacuzzi mit mir ansehen!" sagte
sie.

In der Zwischenzeit suchte Dr. Romero nach seinen Schlüsseln und
stand an der Tür zu seinem Haus, etwa eine halbe Meile Fußweg vom
Forschungslabor entfernt, durch das tropische Laub. Die Sonne war
schon lange untergegangen, sodass nur noch ein einziger Deckenstrahler
übrig blieb, um die dicken Kanten der Stuckfassade und die schwere
Holztür aus westindischem Nussbaum zu beleuchten.

Als Romero die Tür aufschloss und öffnete, knarrte sie in einem
langsamen, stöhnenden Geräusch, das in der tropischen Luft widerhallte
und sich mit dem leisen Stöhnen der Brise vermischte, die durch die
Palmen wehte. Er trat ein, ließ seine Schlüssel auf einen kurzen Tisch
fallen und schloss die solide Tür hinter sich, so wie er es jeden Abend in
seinen dreieinhalb Jahren auf der Insel getan hatte.

„Ich bin froh, dass ich nicht im Dienst bin. Ich habe keine Zeit, auf
unsere Gäste zu warten, wenn ich kurz vor einem Durchbruch stehe „",
dachte Dr. Romero bei sich.

Romero betrat das Wohnzimmer seines Hauses. Es war
geschmackvoll eingerichtet, mit gerahmten Fotos an der
Wand und durchgehend Akzenten aus Walnussholz, die in den
Geländern, dem Klavier, den Spiegelrahmen und vielem mehr sichtbar
waren. Er schaltete das Licht neben der Tür an. Hinter dem Eingang
befand sich ein großer offener Raum, der sowohl als Küche als auch
als Esszimmer diente. Insgesamt war die gesamte Wohnung sauber und
elegant.

Romero hängte seine Jacke geistesabwesend auf die Lehne eines
Stuhls, der am Esstisch saß, als er vorbeiging. Sein Geist war bereits
woanders, beschäftigte sich mit dringenderen Dingen und war von
seinen Gedanken abgelenkt.

„Es ist unglaublich. Meine Kollegen, jede wissenschaftliche Fachzeitschrift sagte, es sei unmöglich, sowieso eine Chance von eins zu einer Milliarde, aber... ich habe es geschafft!" dachte er.

Der kräftige Mann ging schnell einen steril aussehenden angrenzenden Flur hinunter.

Romeros Hand griff vorsichtig nach dem Griff einer Tür, als er das Ende des Flurs erreichte.

„Es war ein Segen, zwei gut erhaltene Exemplare zu finden, die erst kürzlich infiziert wurden... Ich kann immer noch nicht glauben, dass ich es getan habe!"

Romero, immer noch in Selbstlob versunken, ging ins Zimmer und ging eine kleine, kurze Treppe hinunter in seine Werkstatt. Lässig warf er das Lei, das er um seinen Hals trug, in einen nahegelegenen Kompostbehälter. Romero ging stolz auf eine provisorische Wand aus Plexiglas zu, die eine selbstgebaute Sicherheitszelle bildete, in der ein Auto hätte geparkt werden können.

Romeros Gesicht sah wie ein verrücktes Genie aus. Seine Augen weiteten sich, sein Mund wurde zu einem breiten, tiefen Grinsen der Freude. Das Licht aus der Zelle schien auf sein überglücktes Gesicht und spiegelte sich von seiner dicken Brille wider.

„Ich habe das erste Zuchtpaar geschaffen!" Romero gackerte.

Da stand Romero und starrte in den Teil seiner Werkstatt hinter dem Plexiglas, der in ein provisorisches Schlafzimmer umgewandelt worden war, und hielt einen Stift in der Hand. In dem Raum mit durchsichtigen Wänden befanden sich ein paar Stühle und ein Bett, einige Mülleimer und eine Werkbank, die heute aufgrund ihrer Unzugänglichkeit unbenutzt blieb. Durch das Plexiglas starrte Romero auf eine Zombie-Frau, die auf dem Bett lag. Sie trug ein verschmutztes, zerfetztes Sommerkleid, ihr Bauch war groß und geschwollen. Entgegen aller landläufigen Meinung schien sie schwanger zu sein. Als dunkelhäutige einheimische Frau wäre sie als lebend durchgegangen, bis auf ein paar unnatürliche graue Flecken auf ihrem Teint, mehrere offene Wunden an ihrem Körper und den wilden, geistlosen Blick in ihren Augen. Alles Symptome einer Zombie-Infektion. Ihr Zersetzungsgrad war sehr gering, gerade genug, um zu wissen, dass sie ein Zombie war. Ihre Augen waren weit aufgerissen, und sie schien sich unwohl zu fühlen und Probleme zu haben. Der männliche Zombie ging hin und her und starrte Romero durch das schwere Plastik an wie ein eingesperrter Wolf. Er war hager und sah eher aus wie ein unterernährter Einheimischer als wie ein Zombie. Er war etwas verfallener als das Weibchen, aber wie sein Begleiter konnte er fast als lebende Person durchgehen. Beide wandelnden Leichen hatten Kontrollhalsbänder an, aber das Männchen hatte ein zorniges Funkeln in den Augen. Der Boden und das Bettzeug waren verschmutzt von Fäulnis, Fäulnis und Blut von ihren Nahrungsmitteln.

„Jeden Tag werde ich Zeuge der ersten Zombie-Lebendgeburt sein!"

Romero wandte sich der nahegelegenen Werkbank zu, auf der ein großes rohes Steak auf einer Platte lag.

Romero trug das Steak zu einer geschlitzten Öffnung in der Wand, in die Lebensmittel hineingleiten konnten.

Romero schob das Steak hinein, und der männliche Zombie sprang sofort darauf und zog es Romero aus den Händen, begierig darauf, es zu verschlingen.

„Arrr!" der Zombie knurrte. „Shlurp! Schlecht!"

Romero genoss das Geräusch der Untoten, die kaltes, rohes Fleisch verschlangen. Der Arzt grinste, als er in ein rundes Metallmikrofon sprach, das in die durchsichtige Wand eingebaut war.

„Nun, Cornelius, stell sicher, dass du es mit Zera teilst", schimpfte Romero.

Eine Viertelmeile nordöstlich von Romeros Haus, an einem gut ausgetretenen Sandweg durch die Palmenwälder, lebte Dr. Schmidts Sohn Hugo.

Hugo kam nach einem gemütlichen Spaziergang nach Hause an und betrat seine Wohnung. Derselbe Lichtstil beleuchtete die gleiche Art von schwerer Holztür, die in Romeros Haus verwendet wurde. Zweifellos wurden die Wohnräume für die Nachwuchswissenschaftler der Insel nach den gleichen Plänen gebaut. Hugo zog seinen Schlüssel aus der Tasche, schloss die Tür auf und trat ein. Die Innenausstattung des Hauses entsprach der von Romero, mit der Ausnahme, dass es völlig dunkel war und nur das Licht, das durch die offene Tür hereinströmte, ein enormes Durcheinander offenbarte. Jeder Zentimeter des Fußbodens war mit einer dicken Schicht von Lebensmittelverpackungen, alten Zeitungen und Nacktmagazinen bedeckt.

„Hä! Romero ist sicher davongeeilt..." Hugo dachte bei sich. „Ich weiß, dass er an einem geheimen Projekt arbeitet..."

Hugo schaltete den Lichtschalter ein und ein blasses fluoreszierendes Licht erwachte zum Leben. Das schwache Licht zeigte, dass das Haus tatsächlich den gleichen Grundriss hatte wie das von Romero, außer dass die Küche und der Essbereich mit schmutzigem Geschirr und Müll übersät waren. In einer Ecke des Essbereichs befand sich ein Fernseher mit einem heruntergekommenen alten Sessel davor, Kissen und Federn, die aus den Rissen herauskamen. Hugos Zuhause war viel dreckiger und dunkler als das von Romero.

Hugo ging an derselben Werkstatt vorbei wie in Romeros Haus, auf eine offene Schlafzimmertür zu. Der junge Wissenschaftler warf seinen Laborkittel wahllos auf den Boden, auf den Müll, der dort herumlag.

„Nun, lass ihn alles verfolgen, was er für einen solchen Durchbruch hält", dachte Hugo. „Wenn alle sehen, was ich getan habe, werden sie sich über mich lustig machen."

Hugo betrat ein schwach beleuchtetes, schmuddeliges Schlafzimmer. An der Ecke des Bettes befanden sich ein Anker und eine an der Wand befestigte Kette.

„Wir werden Millionen verdienen! Die Wissenschaft ist großartig, aber die Menschen waren schon immer mehr an sofortigem Vergnügen interessiert „, freute sich der Junior Schmidt laut.

Ein fettiges Lächeln breitete sich auf Hugos Gesicht aus.

„Hallo, meine Damen!" rief er aus.

Das Schlafzimmer war schmuddelig und dreckig; die Teppiche und Bettlaken waren mit einer dicken Matte aus getrocknetem Blut und verschmutztem Fleisch bedeckt. Das Bett war mit verschmutzter, dreckiger Bettwäsche bedeckt. Das Zimmer enthielt drei weibliche Zombies, die alle Kontrollhalsbänder trugen. An der rechten Wand befand sich ein ziemlich verfallener Zombie mit langen blonden Haaren. Sie sah schlecht gelaunt aus und war gefesselt und an die Wand gekettet. Die Fesseln waren weit genug entfernt an der Wand verankert, und die Ketten waren kurz genug, dass sie keine andere Wahl hatte, als mit ihren Armen V-förmig über dem Kopf zu stehen. Ganz links an der Wand lag ein weiterer weiblicher Zombie, dieser eine gebürtige Haitianerin, auf einem Haufen auf dem Boden, halb bei Bewusstsein, als wäre sie ohnmächtig geworden. Ihre Arme waren ebenfalls an der Wand gefesselt, aber die Anker waren niedriger und die Ketten länger, sodass ihre Arme frei und schlaff an ihren Seiten hingen. Der dritte weibliche Zombie lag auf allen Vieren auf dem Bett. Sie hatte ihre Arme in einem V in der Luft vor ihr gespreizt von ihr, weil sie gefesselt und an die Wand gekettet waren und auf beiden Seiten des Kopfteils verankert waren. Sie hatte lange rote Haare und trug ein gelbes Tanktop mit der grünen Sportmannschaftsnummer „67" darauf. Sie war von der Hüfte abwärts nackt.

„Huurrgg...", stöhnte der blonde Zombie.

„Sobald die Welt weiß, dass wir euch Lieblinge als willige Sexsklaven benutzen können, wird sich ein ganz neuer Markt eröffnen!" verkündete der junge Wissenschaftler.

„Guurrbell...", keuchte der haitianische Zombie durch ein Rinnsal schwarzer Flüssigkeit, die aus ihrem Mund austrat.

Hugo stand vor einer offenen Schranktür und zog sich nackt aus.

„Natürlich muss ich, wie jedes missverstandene Genie, alle Tests selbst machen, bevor ich es jemand anderem sagen kann", sagte Hugo sarkastisch.

Hugo stand vor dem Schrank und rollte sich jetzt einen speziellen Ganzkörper-Latexanzug über.

Hugo stand in seiner vollen Pracht am Ende des Bettes, von Kopf bis Fuß mit einem weißen Latexgummianzug bedeckt. Über dem Mund war ein Bildschirm genäht, der ihm das Atmen ermöglichte, ihn aber vor Infektionen schützte. Da es zwei Augenlöcher gab, trug Hugo eine Skibrille, die fest verschlossen war.

„Gurakk!" der rothaarige Zombie stöhnte.

„Oh, ich werde es auch genießen, Baby!" Hugo hat geantwortet.

Hugo positionierte sich mit gespreizten Beinen hinter dem rothaarigen Zombie.

Er presste ihre Körper eng zusammen. Ihre beiden Silhouetten verschmolzen, als er in sie eindrang. Der weibliche Zombie warf ihren Kopf zurück. Das Geräusch, das sie von sich gab, hätte Vergnügen sein können, sah aber eher nach Wut, Qual oder Schock aus.

„GRAHHH!" sie brüllte.

JEREMY UND MARIJA WAREN zusammen nackt im Jacuzzi, küssten und krümmten sich im Wasser übereinander. Sie hatten jeweils eine freie Hand und hielten ein Glas Champagner in der Hand.

Wenige Minuten später testeten die beiden das Bett in Marijas abgedunkeltem Zimmer. Jeremy lag auf ihrem Bett mit einem Ausdruck von Ekstase im Gesicht.

Sie ritt auf ihm, im Cowgirl-Stil, ihren Kopf zurückgeworfen und stöhnte vor Vergnügen.

„OOH!" Marija stöhnte.

ZEB WAR UNBEEINDRUCKT, und wenn noch jemand im Zimmer gewesen wäre, hätten sie es an seinem Gesicht gesehen. Er setzte sich im Bett auf und las ein Buch, ein Hardcover-Exemplar von High Fidelity von Nick Hornby. Er trug eine Bifokalbrille, die tief auf seinem Nasenrücken saß. Er versuchte, den Lärm, der aus

Marijas Zimmer auf der anderen Seite der Wand kam, mental auszublenden.

„Wir gehen auf eine Insel voller Zombies und aus irgendeinem Grund müssen wir einen Menschenfresser mitbringen!" Zeb murmelte vor sich hin.

„AAAHHH!" Marija schien als Antwort durch die Wand zu stöhnen.

Marija ist von Jeremy weggerollt. Beide waren verschwitzt und zufrieden und grinsten, als sie sich im Abendrot sonnten.

„AH! Das... war... unglaublich!" Jeremy strahlte.

„Beeindruckend!" sagte Marija und versuchte immer noch zu Atem zu kommen.

Marija zündete sich eine Zigarette an, grinste und sah Jeremy von der Seite an, als er sich umdrehte, um sie liebevoll anzusehen.

„Das wollte ich schon sooo lange machen!" er hat gestanden.

„Ich auch", stimmte Marija sachlich zu.

Marija drehte sich zu Jeremy um und gurrte verführerisch.

„Könntest du ein Schatz sein und zurück in dein Zimmer gehen? Ich will nicht unhöflich sein, aber ich brauche meine Ruhe für morgen „" sagte sie mit einem schlauen Grinsen.

„Oh, oh sicher... natürlich... kein Problem", stammelte Jeremy, überrascht von der Bitte.

„Vielen Dank, Schätzchen", erwiderte Marija glücklich.

Zeb saß immer noch in seinem Bett und las, leicht verblüfft über die Geräusche, die durch die Wand kamen, aber er ließ sich nicht davon beim Lesen unterbrechen.

„Armer Narr...", murmelte Zeb.

KAPITEL 4

Wenige Stunden später ging die Sonne auf und signalisierte dem, was als Leben auf dem winzigen Sandhaufen vorüber war, den Beginn eines neuen Arbeitstages. Die aufgehende Sonne beleuchtete einen staubigen Scheunenhof mit einer großen roten Scheune. Mehrere Schmutzflecken wurden abgeheftet, wodurch separate Scheunenbereiche für verschiedene Tiere geschaffen wurden. Rinder wanderten in der Scheune und in einigen der eingezäunten Bereiche umher. Rund um den Scheunenhof gab es einige Grasflächen und Bäume, die von der Inselbevölkerung als seltsam aussehend empfunden wurden. Einheimische Arten wurden durch den Import von nährstoffreichem Mutterboden ermöglicht. Wie bei jedem Bauernhof lag neben der Scheune ein großer Misthaufen, der im Freien kompostierte. Es gab auch einen Schweinestall, in dem sich importierte Schweine glücklich im Schlamm suhlten und so etwas Abhilfe von der tropischen Hitze boten. Zombies irrten auf dem Hof umher, verrichteten verschiedene Farmarbeiten und warfen Schweinehaufen in einen Futtertrog. Ein Zombie trug einen Bauernoverall und führte eine Kuh mit einem um den Kopf gebundenen Zaum aus dem Stall. Eine unbefestigte Straße, die am Scheunenhof neben dem Zaun vorbeiführte, bildete eine Grenze zwischen der gezähmten, künstlichen Umgebung und dem tropischen Dschungel. Nach einem frühen Morgenweckruf für Kaffee und ein leichtes Frühstück führte Dr. Schmidt seine Gäste auf einen Rundgang durch die Einrichtungen und Attraktionen der Insel und erklärte, wie jedes Merkmal zu seinen großartigen Errungenschaften für Gesellschaft und Mensch beigetragen hatte. Die erschrockene Touristengruppe bestand aus Schmidt, Marija, Jeremy, Zeb, Hugo und Doreen.

„Rinder und Schweine werden mit dem Boot von einer kleinen Farm in Port-au-Prince gebracht, mit der wir zu tun haben", erklärte Schmidt.

Die Gruppe stand da, lehnte sich an einen Holzzaun und beobachtete, wie ein Zombie die Kuh an einem Seil in einen offenen Scheunenbereich zog. Der Zombie starrte die Kuh mit weit aufgerissenen Augen an. Einige der anderen Zombies waren darauf aufmerksam geworden und sahen zu, wie die widerwillige Kuh zögernd in den leeren Stall trat. Einige der Zombies begannen darauf zuzukommen. Die Kuh zappelte und begann nervös auszusehen.

„Die Zombies müssen alle paar Tage rohes Fleisch essen, um den Zersetzungsprozess zu verlangsamen", fuhr Schmidt fort.

Die Kuh wurde nun von Minute zu Minute nervöser, die Augen weit aufgerissen und zerrte verzweifelt an dem Seil, das sie hielt. Der Farmer-Zombie hielt das Seil mit der linken Hand und benutzte die rechte, um ein altmodisches Stahlbolzengewehr, das einem Tier eine einziehbare Stahlstange zum Schlachten in den Kopf schießt, aus der Vordertasche seines Overalls zu ziehen. Die restlichen Zombies kamen immer näher und kreisten fest um die Kuh.

„Also erlauben wir ihnen, natürlich auf mündlichen Befehl, alle paar Tage Vieh zu fressen, um funktionsfähig zu bleiben", schloss Schmidt.

„Gaah!" der Bauern-Zombie stöhnte.

Die Gruppe der Zuschauer stand neben dem Zaun, die Festlandbewohner verblüfften zum Schweigen. Nur Marija brachte dank ihres dicken Fells und ihrer Berufserfahrung den Willen auf, den Arzt zu befragen. Sie

hatte einen voreingenommenen, fragenden Gesichtsausdruck, ihre Augenbrauen krümmen sich skeptisch. Sie hielt ihren kleinen Digitalrekorder hoch.

Im Hintergrund, als die Gruppe zusah, versetzte der Farmer-Zombie den Todesstoß mit der Bolzenpistole. Der Körper der Kuh wurde schlaff und fiel. Die Zombies begannen sich sofort darauf zu stürzen. Hugo stützte sich auf den Zaun, beobachtete das Gemetzel gleichgültig. Zeb sah leicht angewidert aus, sein Gesicht vor Verachtung zusammengekratzt. Jeremy hatte große Augen, wie ein Kind, das gerade herausfand, dass der Weihnachtsmann echt ist. Er fummelte vor Erstaunen an der

Eine große Telekamera, die an einer Schnur um seinen Hals hängt.

„Und ich bin mir sicher, dass das alles menschlich gemacht wurde, Doktor?" fragte Marija.

„Uurrr!" Die Zombies stöhnten und knurrten, als sie ihr Rindermehl verschlangen. „GRAAH!"

„Natürlich! Ich versichere Ihnen, die Tiere fühlen nichts. Gehen wir jetzt zum Forschungszentrum „, antwortete Dr. Schmidt.

DIE GRUPPE ANGEWIDERTER Journalisten, im Gegensatz zu ihren gleichgültigen wissenschaftlichen Begleitern, entfernte sich vom Gemetzel und ging den Feldweg hinunter, der vom Scheunenhof wegführte. Die dicken, nassen Geräusche der Untoten beim Fressen Hinter ihnen erfüllte sich immer noch hörbar die Luft, doch sie verblasste, je weiter sie weggingen. Die gesamte Gruppe versuchte, die Erinnerung an die grausame Szene, die sie gerade gesehen hatten, hinter sich zu lassen, alle außer Jeremy. Während andere Während Jeremy sich auf den vor ihm liegenden Weg konzentrierte oder müßiges Plaudern unterhielt, blickte er immer wieder auf die schrumpfende Szene blutiger Verwüstung zurück. Der Ausdruck von Abscheu in seinem Gesicht hinderte ihn nicht daran, schnell Fotos zu machen. Schmidt schummelte Marija und gab ihr das großartige Verkaufsgespräch zum wissenschaftlichen Fortschritt, auf das er sich verlassen hatte, in ihrem Artikel zitiert zu werden. Jeremys Gesicht zuckte sich vor komisch übertriebenem Ekel zusammen, als er Dr. Schmidt so sah

offen freundlich zu seinem Liebesinteresse.

„Uff!" Jeremy murmelte eifersüchtig.

Die Gruppe folgte ihrem Führer zurück zu dem großen weißen Gebäude in Strandnähe, das den Großteil des Forschungszentrums und der Einrichtungen der Insel ausmachte. Ein kurzer Spaziergang durch einen engen Korridor endete mit einer Sicherheitstür, an der Fingerabdrücke und Netzhaut gescannt werden mussten. Schmidt legte seine Hand auf ein Pad, blickte in ein kleines Glasloch in der Wand, und die Gruppe war bald im Labor. Es war groß und voller weißer Wände, Geräte aus Edelstahl und Stiften mit Plexiglaswänden, in denen sich Zombies befanden. Der Eingang und die vordere Hälfte des Labors waren höher als die andere Hälfte, in der sich die Zombies in ihren Zellen aufhielten. Dadurch konnten die Forscher sie von oben betrachten, wie Götter, die auf die Schöpfung herabschauen. An der Vorderseite des Labors befanden sich eine Auswahl an glänzenden Arbeitstischen aus Edelstahl und ein Kühlschrank. Alle Tische und Arbeitsplatten waren aus Edelstahl. Auf den Tischen befand sich eine Reihe von Glasgeräten: Fläschchen, Bunsenbrenner, Becher und eine Zentrifuge für Blutflaschen. Romero stand an einem Arbeitstisch und betrachtete eine Probe durch ein Mikroskop. Dr. Schmidt hielt die Tür für die Gruppe offen, als sie eintraten, und deutete mit einer großen Bewegung seines Arms ins Innere des Raums.

„WILLKOMMEN IN MEINEM LABOR!" Dr. Schmidt proklamierte.

Romero blickte auf und drehte seinen Kopf mit einem breiten, breiten Grinsen in Richtung der Gruppe, obwohl seine Augen auf Marija gerichtet zu sein schienen. Marija errötete leicht und sah als Antwort schüchtern und geschmeichelt aus. Jeremy bemerkte das, was ihn sofort verärgerte. Zeb verdrehte die Augen bei dem unreifen Gerangel, das zwischen einer Gruppe erwachsener Erwachsener stattfand. Der Rest der Gruppe tat so, als ob er es nicht bemerkt hätte.

„Hallo!" Romero begrüßte ihn mit Begeisterung.

„Hallo!" Marija kicherte.

Die Zombies, eingesperrt in ihren durchsichtigen Käfigen, beobachteten das Geschehen mit großem Interesse und starrten aus ihrem versunkenen Gefängnis auf.

„Hier haben Dr. Romero, Hugo und ich den größten Teil unserer Forschungen durchgeführt und unsere Entdeckungen gemacht", erklärte Dr. Schmidt.

Als die Laborbesucher von ihrem Aussichtspunkt aus nach unten schauten, begannen sie gleich wieder, die Zombies zu beobachten. Zwei Plexiglas-Kugelschreiber saßen nebeneinander, auf denen sich jeweils ein Zombie befand. Der Zombie auf der linken Seite war ziemlich gut erhalten. Er hatte einige Stellen von verrottendem, verfärbtem Fleisch; er wäre nicht als lebendig durchgegangen, aber in der Nähe. Der auf der rechten Seite war dünn und abgemagert; seine Haut war ledrig und zersetzt. In jeder Zelle befand sich ein großer Betonblock.

„Wie Sie sehen können, ist der Zombie auf der linken Seite viel besser erhalten als der auf der rechten Seite", sagte Schmidt.

Schmidt drehte sich zu seinen Gästen um und redete weiter, grinste stolz und zerrte am Revers seiner Jacke.

„Obwohl sie ungefähr zur gleichen Zeit infiziert waren, fütterten wir den linken einfach mit reichlich rohem Fleisch, während wir den rechten sehr, sehr sparsam ernährten."

Jeremy sah die beiden Zombies erneut an. Jetzt hatte jeder große Augen und

schaute auf den Schlackenblock in seiner Zelle.

„Der Zombie-Erreger ernährt sich von Fleisch, um die Funktion der Großhirnrinde aufrechtzuerhalten. Jetzt... hebe deinen Schlackenblock mit einer Hand auf und hebe ihn über deinen Kopf!" Schmidt befahl den Zombies.

Beide Zombies beugten sich vor und griffen nach ihren jeweiligen Betonblöcken. Jeder Zombie hob seinen Betonblock über seinen Kopf. Der Arm, der den Schlackenblock auf dem mageren Zombie hielt, wackelte leicht. Jeremy hat ein Foto gemacht.

„Jeder hat genug Muskelkraft, um einen 20-Pfund-Block zu heben", erklärte Schmidt.

Vor den Augen des Magazinteams brach der Arm des unterernährten Zombies buchstäblich ab. Der Arm und der Betonblock stürzten zu Boden. Der verschrumpelte, fast mumifizierte Zombie schien keine Schmerzen zu haben oder gar überrascht zu sein. Er sah nur auf seinen

Arm hinunter und krachte mit leicht geneigtem Kopf zu Boden, als ob er verwirrt wäre.

„Aber der Körper des Abgemagerten hat nicht die Kraft, ihn zu halten. Das Glied bricht einfach ab „, fuhr Schmidt fort.

Der abgemagerte Zombie schlurfte einfach davon, als wäre nichts passiert, zurück zu seiner Aufgabe, in seiner Zelle auf Tempo zu gehen. Jeremy hat ein Foto gemacht.

„Gaah!" der Zombie stöhnte.

„Ohne lebende Schmerzrezeptoren leidet der Zombie nicht und macht einfach so weiter, wie er es getan hätte", schloss der Wissenschaftler.

Schmidt sah auf den anderen Zombie herab und erteilte einen festen Befehl.

„Leg deinen Block ab."

Der Zombie stellte seinen Block folgerichtig ab und ging weiter in seinem Gehege umher. Marija trat vor und zeigte mit einem Finger auf Dr. Schmidts Brust, zusammen mit einem anklagenden Blick.

„Du sagtest Erreger! Bedeutet das, dass Sie Experimente an lebenden Menschen durchführen, die mit einem Virus infiziert sind?" Marija beschuldigt.

Zuerst war der Arzt leicht überrascht, überrascht.

Schmidt breitete zur Notwehr die Hände aus, schüttelte den Kopf und kicherte über Marijas Anschuldigung.

„Ha. Nein, nein, Ms. Esteban. Obwohl der Zombie-Erreger ein Virus ist, ist er innerhalb weniger Minuten nach der Infektion leider tödlich „, erklärte Schmidt.

Schmidt wandte sich einem Diagramm an der Wand im Labor zu und zeigte mit seinem treuen Plastikzeiger darauf. Es zeigte eine Querschnittszeichnung des menschlichen Körpers, in der Magen, Verdauungssystem, Herz- und Kreislaufsystem, Gehirn, Rückenmark und Nervensystem detailliert dargestellt sind. Jeremy hat ein Foto gemacht.

„Das Virus greift zuerst das Kreislaufsystem an und bringt das Herz innerhalb von Minuten tödlich zum Erliegen."

SCHMIDTS ZEIGER BEWEGTE SICH AUF DEN MAGEN UND DAS VERDAUUNGSSYSTEM.

„Das Verdauungssystem verändert sich, der untere Darm und der Darm kommen vollständig zum Erliegen, der Rest des Systems hält das verzehrte Fleisch fest und speichert es, bis es vollständig vom System aufgenommen werden kann und keinen Abfall mehr produziert."

Nun zeigte Schmidt mit seinem Zeiger auf Gehirn und Rückenmark und sah die Gruppe aufgeregt an, während er weiter erklärte. Ein kleiner Teil des Gehirns auf dem Diagramm war in einer anderen Farbe hervorgehoben, ein Teil im hinteren Bereich, der am Rückenmark befestigt war.

„Bis auf diesen kleinen Teil schaltet sich das Gehirn fast vollständig ab. Es leitet über das Rückenmark elektrische Impulse an die Nerven und Muskeln ab und hält so die Leiche am Leben."

Schmidt drehte sich nun stolz zu der Gruppe um, grinste und lächelte prahlerisch. Er hielt mit einer Hand seinen Zeiger, mit der anderen Hand das Revers.

„Deshalb funktioniert mein Kontrollhalsband! Weil es direkt in die Wirbelsäulenrinde eingreift und diese Impulse entsprechend anpasst!" Proklamierte Schmidt.

Schmidt führte die Gruppe zurück zur Labortür. Sie folgten ihm langsam.

„JETZT! ES IST MITTAGESSEN, also lasst uns einen Rundgang durch die Cafeteria machen." Dr. Schmidt kicherte.

Als die Gruppe das Labor in den Flur verließ, hinkte Marija hinterher und überprüfte den Rekorder, den sie in ihrer linken Hand hielt, während ihre andere Hand locker an ihrer Seite hing. Als Jeremy vorbeiging, streckte sich seine Hand aus und griff nach

die, die schlaff an ihrer Seite hing.

Jeremys Hand ergriff Marijas Hand.

Marija blickte wütend von ihrem Rekorder auf und schrie ihn ungläubig an.

„Nicht während wir arbeiten!" sie schimpfte.

Jeremy kehrte überrascht zurück, wie ein Hund, der dabei erwischt wurde, Essen vom Tisch zu klauen.

Augenblicke später ging die ganze Gruppe den Flur entlang. Jeremy lehnte sich zurück, nur ein paar Meter rechts von Marija. Jeremys Wangen waren vor Verlegenheit gerötet; er sah nervös aus. Marija sah ihn weiterhin unbeeindruckt von der Seite an. Zeb und der Rest der Gruppe gingen voran. Zeb senkte den Kopf und schüttelte ihn ungläubig. Der Rest der Gruppe tat so, als ob sie es nicht bemerkt hätten, blickte unbeholfen in verschiedene Richtungen, betrachtete imaginäre Insekten oder Muster in den Deckenplatten, die plötzlich interessant geworden waren.

„Versuchen wir, die Dinge professionell zu gestalten", schlug Marija vor.

„Ha, tut mir leid..." Jeremy kicherte verlegen.

KAPITEL 5

In der Zwischenzeit stürmte der Farmer-Zombie in die riesige Scheune und bereitete sich darauf vor, seinen Landarbeitern und Inselarbeitern eine weitere Kuh zu opfern.

Als er in den Kuhstall schlurfte, wurde die Kuh darin ziemlich unruhig. Der Geruch von Blut, das immer noch in der Luft lag, machte sie nervös, und diese wandelnde Leiche, die ihren persönlichen Raum verletzte, tat ihrem Temperament nichts. Die Kuh blickte verärgert über die Schulter zurück zu dem Zombie. Der Kampf- oder Fluchtinstinkt der Kuh setzte ein. Sie zog ihr Hinterbein ein, spannte den dicken Muskel ein und zielte, so gut sie konnte.

Ein dicker schwarzer Huf, der an einem großen, kräftigen Bein befestigt war, flog durch die Luft. Das Hinterbein der Kuh trat dem Zombie mit voller Wucht gegen den Kopf. Ein hörbares Knirschen der Knochen hallte durch die Scheune, als sich der Zombie plötzlich in der Luft befand. Obwohl sein Skelett schwer beschädigt war, blieb der Zombie intakt. Er flog durch das offene Scheunentor und landete auf dem nahe gelegenen Zaun. Die durch den mächtigen Schlag ausgelöste Kraft beendete ihren Bogen, als die Füße des Zombies immer noch Zentimeter über dem Boden standen und sein kleiner Rücken mit der obersten Sprosse des Zauns kollidierte. Das schiere Momentum bewirkte, dass das Körpergewicht des Zombies ihn über den Zaun trieb und auf der anderen Seite in den Dreck stolperte.

Der Zombie landete mit einem lauten Schlag auf dem staubigen Gras. Sein Körper war so nah wie möglich an einem sogenannten Schock. Da er im Grunde ein biologischer Automat war, versuchte er sofort, sein Gleichgewicht wiederherzustellen und taumelte auf die nahegelegene Baumgrenze zu.

Der Zombie versuchte aufzustehen, seine Beine wackelten und sein ganzer Körper schwankte.

„GAAH!" Er stöhnte frustriert.

Es hatte keinen Erfolg. Der Zombie verlor das Gleichgewicht und brach seitwärts in die Baumgrenze ein.

„GAAAAHHH!" brüllte der arme untote Mistkerl.

Es hätte dort enden können. Der Zombie hätte sein Gleichgewicht wiederfinden und aufstehen und seinen Geschäften nachgehen können, denn Zombies schämen sich nicht. Er hätte es getan, wenn das tropische Laub nicht eine weitere Überraschung versteckt hätte. Auf der anderen Seite der Baumgrenze befand sich ein steiler, felsiger Hügel. Die harten, gnadenlosen Trümmer bahnten sich ihren Weg einen 15 Fuß hohen Abhang hinunter zum darunter liegenden Sandstrand. Der Farmer-Zombie schaukelte, stolperte und begann einen raschen Abstieg die steile Felswand hinunter. Auf dem Weg nach unten schlug und zerschmetterte er Knochen und Körperteile von jedem unbeweglichen Felsen. Der kurze Sturz traf und schlug auf seinen ohnehin schon leblosen Körper ein. Wenn eine lebende Seele in der Nähe am Strand gewesen wäre, hätte sie laute Geräusche von Knochen und Muskeln gehört, die gegen Stein prallen. Der Sturz des untoten Sklaven endete schließlich damit, dass die volle Kraft des Gewichts und der Schwerkraft seinen Kopf dazu brachte, hart mit einem Felsbrocken am Strand zu kollidieren, mit dem Gesicht voran.

Der Zombie in Karo und Overall lag regungslos auf einem zerknitterten Haufen am Strand.

Die Szene blieb regungslos und Minuten später war es immer noch so still wie in einem Grab.

„UUUHHH!" Ein Stöhnen ging von der verrottenden Leiche aus, als sie zu zucken begann.

Mit einem plötzlichen Geschwindigkeitsschub setzte sich der Zombie auf seine Knie, blinzelte schnell und sah sich um. Er blickte in der Ferne weg wie ein Präriehund aus Utah, als ob wieder ein erneutes Interesse am Leben zu ihm zurückgekehrt wäre.

Sein Kontrollhalsband lag in der Nähe kaputt im Sand. Der Riegelmechanismus war abgerissen, als er auf den Felsen prallte.

Er blickte jetzt auf den Felsen hinunter, sein zertrümmertes Gesicht war etwas verwirrt.

Er betrachtete die beiden gebrochenen Hälften seines Halsbandes, die im Sand lagen.

Nach einem Moment beugte er sich vor und hob sie auf.

Der Zombie hielt die beiden Hälften des Halsbandes über seinem Kopf in die Luft und gab ein blutiges Geräusch von sich.

„GAAAHHH!!!" es schrie vor Sieg.

Augenblicke später schlurfte in einem nahe gelegenen Hain eine lose Gruppe von Zombies umher und erntete Mangos am Rand des Strandes.

Einer von ihnen schaute zur Seite und bemerkte halbherzig, wie sich der zerschlagene, geschlagene Bauern-Zombie ohne Kragen nach vorne schleppte. Der Zombie ohne Halsband brachte all seinen Willen zusammen und stand aufrecht, stolz und trotzig da. Er sah wütend aus, die Brauen hochgezogen, die Zähne zusammengebissen, die Arme über den Kopf gehalten, die Hände um einen dunklen, schweren Stein geschlungen. Der Zombie im Overall brachte das volle Gewicht des Felsens auf seinen Kameraden, der Mangos erntete, nieder.

KAPITEL 6

Die Wände der Cafeteria wurden mit dem gleichen flachen Weiß gestrichen wie die Außenwände des Gebäudes. Es sah sehr steril aus und fühlte sich auch so an. Das Essen wurde aus Edelstahlbehältern auf Edelstahlschalen serviert und auf Edelstahltische gebracht. Die Wissenschaftler, Journalisten und andere Mitarbeiter des Forschungszentrums trugen Laborkittel, saßen auf langen Edelstahlbänken, die an den Tischen befestigt waren, und aßen je nach Vorliebe ihre Cordon Bleu- oder Gemüseburger. Alle aßen und plauderten nonchalant, außer Jeremy, der mit seinem Essen spielte und Marija anstarrte. Marija ihrerseits war sich dessen überhaupt nicht bewusst und unterhielt sich mit Hugo darüber, wie es war, unter seinem Vater zu arbeiten und wie das Leben eines jungen Mannes auf einer tropischen Insel war, umgeben von Reichen und Älteren.

Jeremy starrte Marija weiter sehnsüchtig an.

„Sie ist so wunderschön", dachte Jeremy bei sich. „Ich liebe sie schon so lange! Ich kann nicht glauben, dass wir uns endlich getroffen haben. Ich hoffe, ich habe es nicht schon vermasselt, indem ich sie fast unprofessionell aussehen ließ. Was habe ich mir dabei gedacht?"

Jeremy blickte auf sein Essen hinunter, sah verloren und bestürzt aus und spielte wieder damit.

Zeb bemerkte es, beobachtete ihn von der anderen Seite des Tisches aus, schüttelte den Kopf oder verdrehte die Augen.

In der Ferne, hinter Jeremy und über seiner Schulter, stand der Eingang zur Cafeteria mit offenen Türen, die einen freien Blick in den dahinterliegenden Korridor boten. Mehrere Laborassistenten, die zu dem Zeitpunkt nicht zu Mittag gegessen hatten, rannten plötzlich panisch an dieser Tür vorbei und in einen anderen Korridor.

KAPITEL 7

Eine kleine Gruppe fetter, verschwitzter, wohlhabender Leute sonnte sich unter dem tropischen Himmel und versammelte sich um den Pool des Resorts. Die Wohlhabenden saßen da und nippten an Getränken und wurden von Zombies am Pool serviert. Andere untote Concierges standen völlig still da und warteten darauf, ihnen das Handtuch über ihren Armen anzubieten.

Durch einen offenen schmiedeeisernen Zaun und eine Reihe dekorativer Formgehölze huschten mehrere Zombies ohne Kontrollhalsbänder (ehemalige Mango-Erntemaschinen) hervor, unbemerkt von den Gästen am Pool.

Ein Zombie ohne Kragen schlich sich hinter einen Zombie mit Kragen, der am Pool stand, bereit mit einem Handtuch, heran. Der befreite Zombie packte die Schulter seiner versklavten Brüder und erregte damit deren Aufmerksamkeit. Die beiden wandelnden Leichen der Untoten hielten einen Moment lang Blickkontakt.

Der Handtuchhalter-Zombie zuckte nach vorne, ein überraschter Gesichtsausdruck, als sein unkontrollierter Verwandter ihn von hinten schubste.

Die Arme des Zombies zuckten, als er mit einem „Sploosh" in das perfekt gechlorte und temperaturregulierte Wasser fiel. Die Aktion weckte die Aufmerksamkeit und Neugier der Gäste am Pool; einige Badegäste wichen vor Abscheu ab. Es war in Ordnung, ein Handtuch von einem Zombie anzunehmen, sich aber keinen Swimmingpool zu teilen. Das Wasser wurde still und still.

Wenige Augenblicke später tauchte der Kopf des Handtuchhalter-Zombies langsam aus dem flachen Ende des Pools auf. Er sah wütend aus. Sein Kontrollhalsband sprudelte und Funken schossen.

Der Zombie ging die Rampe am flachen Ende hinauf, das den Eingang zum Pool darstellte, und ließ dabei sein Handtuch fallen. Als der untote Diener langsam zum Poolrand marschierte, blinkten die leuchtenden Lichter an seinem Kragen und erloschen. Das Halsband verdunkelte sich, ein letzter Funke ertönte mit einem „Zappen", dann öffnete sich der elektronische Riegel, sodass das Halsband auf die Terrassensteine zu seinen Füßen fiel.

Die ganze Szene wurde von einem älteren Mann, der auf einem Gartenstuhl lag, unbemerkt. Seine Augen waren hinter dicken, schwarzen Korrekturgläsern versteckt, seine Brust war mit dichtem, grauem, verfilztem Körperhaar bedeckt und mit großen Goldketten und Medaillons geschmückt. Seine Glatze war von einem Sonnenhut aus Stroh bedeckt. Der Mann legte sich ahnungslos weiter hin, die dunkle Brille verdeckte seine Sicht, mehrere leere Cocktailgläser lagen neben ihm auf dem Boden.

Als die Beine des Zombies in sein peripheres Sichtfeld eintraten, bemerkte er es schließlich und gab einen weiteren Befehl. Er streckte seine Hand in Richtung des Zombies aus und schwenkte ein leeres Cocktailglas.

„Sehr gut! Bring mir noch einen Amaretto Sour!" bestellte der ältere Mann.

Der ehemalige untote Handtuchjunge beugte sich wütend nach vorne und machte stetig, wissend, Blickkontakt mit dem haarigen Herrn. Plötzlich weiteten sich die Augen des Mannes vor Wiedererkennung. Bevor er reagieren konnte, grub der Zombie, der sich eingeschlichen und den handtuchtragenden Zombie in den Pool geschoben hatte, seine Zähne ins Gesicht des Mannes. Der Handtuchjunge folgte bald und schnappte sich in das Fleisch des schlagenden Unterarms des Mannes. Blut spritzte aus den Wunden. Der Mann stieß einen blutrünstigen Schrei aus, als mehrere andere befreite Zombies am Poolbereich wie ein Rudel hungriger Hunde nach vorne stürzten und große Fleischstücke von ihm abbissen.

Wo es einst ruhig war, herrschte jetzt Chaos. In Panik geratene Menschen rannten los und schrien, viele wurden von mehreren befreiten Zombies angegriffen.

Das Chaos ging weiter, als Zombies die Lebenden angriffen und sich an ihnen labten. Die Szene aus dem wirklichen Leben war glorreicher als jeder Film mit lebenden Toten. Ein frisch befreiter Zombie mit großen Augen kauerte am Pool und kaute an einem menschlichen Arm herum, als wäre es ein Hühnerflügel.

KAPITEL 8

Vor der Forschungseinrichtung irrten befreite Zombies umher und schlenderten in den staubigen Bereich vor den schweren Glas- und Stahltüren der Einrichtung.

Ein paar Forschungsassistenten in Laborkitteln rannten entsetzt und schreiend ziellos auf den Strand zu, während Zombies sie verfolgten und geistesabwesend die Tür in ihrer Panik leicht geöffnet ließen.

Im Korridor und am Ende verließ ein wissenschaftlicher Mitarbeiter ein Labor und blickte zurück zu einem Kollegen, der hinter einem Mikroskop saß. Sie sah nicht, dass sich der Zombie ihr näherte.

„Ich werde einfach die Spezifikationen mit... vergleichen", begann sie.

Der Zombie im Korridor stürzte sich und knallte dem Assistenten in die Kehle. Blut spritzte und füllte die Augen der jungen Frau, als sie vor Angst mit den Armen herumschlug.

„AAAAAAAAIIIII!!!" sie hat geschrien.

Am Ende des Flurs hörten die Wissenschaftler und Journalisten, die gerade ihr Mittagessen beendet hatten, den Schrei und schauten plötzlich interessiert zur offenen Tür. Eine in Panik geratene Forscherin, eine schwarze Frau mittleren Alters in einem Laborkittel mit langen, geflochtenen Haaren, rannte vom Flur herein und schrie in die offene Tür der Cafeteria.

„Dr. Schmidt! Etwas ist passiert! Die Versuchspersonen haben sich von ihren Halsbändern befreit und greifen an!" sie brüllte.

Die Frau wurde von der Tür aus von einem hungrigen Zombie angegriffen. Sie schrie, als sie hinunterging, und rannte hilflos nach etwas zum Halten, als der Zombie sie vom Eingang wegschleppte und den Flur entlang schleppte, außer Sichtweite.

„GAAHH!!" knurrte der Zombie

„IIIEEEE!!!" Die Frau stieß ihren letzten Schrei aus.

Dr. Schmidts gewohnte höfliche Gelassenheit schmolz dahin. Sein Gesicht war die Definition von Sorge und Panik.

„Oh Gott."

Marija erhob sich wütend von ihrem Sitz, warf ihr Tablett zu Boden und zeigte wütend mit dem Finger auf Schmidt.

„Ich dachte, du hast gesagt, dass das nicht passieren kann!" sagte sie anklagend.

Romero stand auf und versuchte, alle zu beruhigen. Er versuchte, in einer sehr ernsten Situation einen kühlen Kopf zu bewahren. Der ältere Arzt streckte seine Hände aus und versuchte, etwas Ordnung in eine Situation zu bringen, die kurz vor dem Ausbruch stand.

„Okay! Keine Panik! Das haben wir geplant! Das gesamte Personal muss Überlebensrucksäcke mit Schlauchbooten darin aufbewahren. Im Hauptlabor befinden sich Ersatzteile „, erklärte Romero. „Wir schlagen Alarm und jeder wird wissen, dass er evakuieren und zur Küste rennen muss, um zu entkommen."

Marija drehte sich um und sah Romero an, ein Hoffnungsschimmer, der ihre Panik trübte.

„Also rennen wir ins Labor, holen die Rucksäcke und rennen ans Ufer?" fragte Marija hoffnungsvoll.

„JA!" Romero antwortete begeistert.

Eine bunt zusammengewürfelte Gruppe von Wissenschaftlern, Ärzten und Journalisten lugte bald vorsichtig, fast komisch ihren Kopf aus der Cafeteria-Tür, um zu sehen, ob es sicher sei. Den ganzen Gang hinunter waren Blut und dickes, schwarzes Körpergewebe an den weißen Wänden verschmiert, aber keine Zombies waren in Sicht.

Die ganze Bande trat in Aktion und rannte den Flur entlang zum nächsten Ausgang.

„GEH! GEH!" Zeb ermutigte die Gruppe, während sie mit voller Geschwindigkeit rannte.

Ein wütender Zombie sprang aus einer Tür von einem der Labore in die Mitte des Laufrudels und machte ihnen Angst. Marija war vorne, weit vor den anderen. Sie blickte über ihre Schulter zurück, wurde aber nicht langsamer, um sicherzugehen, dass es ihren Freunden gut ging.

„RRRRAAHHH!!" der Zombie knurrte.

„SIEHST DU!!!!!" Jeremy schrie vor Angst.

ZEBS HÄNDE SCHLANG sich um einen Feuerlöscher, der an der Korridorwand montiert war.

Zeb schlug dem Zombie mit dem Feuerlöscher über den Kopf, schlug ihm den Kopf sauber ab, wodurch ein Augapfel über die Bodenfliesen rollte und alle rettete.

Der Kopf des Zombies segelte durch die Luft und prallte vom Boden ab, während die Bande weiterrannte.

Als die Gruppe im Labor ankam, vervollständigte Romero schnell den Handabdruck und den Netzhautzugang, und alle strömten durch die Tür. Als sie wieder zu Atem kamen, betätigte Romero bereits einen Schalter, um den Warnalarm auszulösen. Ein dröhnender Puls traf die Trommelfelle aller lebenden Menschen auf der Insel. Der kräftige kleine Arzt ließ keinen Takt aus und schnappte sich bereits die Überlebenspakete unter einer Edelstahl-Arbeitsstation hervor, dicht dahinter folgte Marija.

„DA SIND SIE! SCHNAPPT EUCH ALLE EINS!" Romero hat bestellt.

Zusammen schlüpften die Wissenschaftler, die die Situation geschaffen haben, und die Reporter auf die Überlebenspakete, die eine verzweifelte Lebenschance boten. Bald trugen alle sieben — Zeb, Marija, Jeremy, Dr. Schmidt, Dr. Romero, Doreen Schmidt und Hugo — Rucksäcke und standen an den Stahl-Doppeltüren, die nach draußen führten.

„Okay... GEH!" Romero signalisierte.

Die Gruppe stürmte durch die Türen in die helle, sonnige Außenwelt. Sie rannten mit vollem Tempo und kraxelten in Richtung Strand. Hungrige Zombies schlabberten umher und stürzten sich auf sie. Entstellte Leichen und Körperteile waren überall verstreut. Nicht infizierte Nutztiere rannten im Chaos umher und schwelgten in ihrer neuen Freiheit. Offenbar ließen die Zombie-Farmer das Tor offen, als sie befreit wurden, und bevorzugten Menschenfleisch gegenüber Nutztieren.

Neben den ursprünglichen einheimischen Inselbewohnern und importierten Zombies, die als Kontrollhalsklaven eingesetzt wurden, gab es viele neue Zombies.

Zu den frisch Untoten gehörten Wissenschaftler, Mitarbeiter des Forschungszentrums und wohlhabende Urlauber, die Toupets und Speedos trugen.

Fast sofort war Doreen Schmidt von Zombies umgeben. Mehrere bissen gleichzeitig in sie hinein, zogen und fraßen sie, während sie schrie und verzweifelt nach dem Rest der Gruppe griff, der immer noch rannte.

„EEEEIIIII!" Ihre Schreie durchdrangen die tropische Brise.

Schmidt, der die Stimme seiner verzweifelten Frau erkannte, drehte sich um, um zu sehen, was mit ihr geschah. Sein Gesicht war voller Schock und Traurigkeit. Mit Tränen in den Augen streckte er die Hand aus und versuchte zurückzugehen, um sie zu retten, aber Zeb packte ihn fest an der Schulter und zog ihn weg.

„NEIN! DOREEN!" Schmidt schrie.

„KOMM SCHON DOKTOR! DU KANNST IHR JETZT NICHT HELFEN!" Zeb erklärte entsetzt.

Marija und Jeremy, jetzt vor dem Rest der Gruppe, hielten für einen Moment neben einem Stück Gebüsch am Strand inne, um zu Atem zu kommen und zurückzuschauen, um das grausame Schicksal von Doreen mitzuerleben. Das Paar blickte nach vorne zur Küste, um durch das Gemetzel und die Horden der Untoten ihren Weg zum Wasser zu finden.

„Mutter Gottes", murmelte Marija hoffnungslos.

Jeremy näherte sich Marija und legte seine Hand auf ihren Arm.

„Es ist okay, wir schaffen es trotzdem", versicherte er.

Jeremy blickte auf den weißen Sand. Er konnte sehen, dass es auf der linken Seite des Strandes weniger Zombies gab als auf der rechten, wo es doppelt so viele gab. In Jeremys Vorstellung entsprach das einer doppelten Überlebenschance, wenn sie in die Richtung abhauen würden, die weniger von gefräßigen Untoten besetzt war. Jeremy packte Marijas Schulter fester und zeigte auf eine Öffnung im Sand.

„Wir schaffen es, wenn wir in diese Richtung fahren, wo es weniger von ihnen gibt", erklärte er.

Jeremy fasste Marija an den Schultern fest und sah ihr tief in die Augen.

„Egal was passiert, ich lasse nicht zu, dass dir etwas Schlimmes passiert. Ich habe so lange gewartet. Jetzt, wo ich dich endlich habe, werde ich nicht mehr loslassen!" Jeremy hat gestanden.

Marija schwieg und war einen Moment lang überrascht, bevor ihr Hitze ins Gesicht stieg und ihre Wangen rötete.

Marija windete sich aus Jeremys Griff und stieß ihn weg.

„Hast du mich? HAST DU MICH?!? Ich hab dich verarscht! Das ist es!" der Latina-Herzensbrecher stammelte.

Jeremys Herz sank, als Marija ihren Vortrag hielt. Keiner wusste, dass sich der Zombie hinter Jeremy einschlich.

„Weißt du? Es ist wie im Urlaub?! Ich kann nicht glauben, dass du dachtest, wir wären ein Paar, wenn wir zurückkommen!"

Marija entdeckte den Zombie über Jeremys Schulter und schob ihren potenziellen Verehrer nach hinten, in Richtung des untoten Monsters.

Jeremy fiel mit einem „Donner" in den Sand, als der Zombie bedrohlich über ihm auftauchte.

„Entschuldigung, Mistkerl!" Marija rief und rannte zu einem vollen Sprint über den Strand.

„URRRR", drohte der Zombie wegen Jeremy.

Der Zombie stürzte sich, schnappte und krallte den Fotografen mit dem Ingwerbart an. Jeremy schaffte es, sich auf seinem Rücken zu hocken, seine Füße in die Brust des Zombies zu legen und zu verhindern, dass seine Hände und Zähne tatsächlich Kontakt mit ihm hatten. Jeremys eigene Zähne biss vor Wut und Verzweiflung über alles, was passiert war, zusammen. Er wehrte sich gegen Tränen des Herzschmerzes und kämpfte gleichzeitig um sein Leben.

„AAAA!" Jeremy schrie vor Wut, als er den Zombie von sich warf.

Der junge Mann schnappte sich schnell sein Überlebenspaket und suchte nach etwas darin. Jeremys Hand verließ die Tasche und hielt eine Signalpistole in der Hand. Seine Hände krabbelten sich und trotz seiner Panik fand er auch eine Kiste mit Leuchtgranaten.

Vor ihm stand der Zombie, den Jeremy gerade weggeworfen hatte, vom staubigen Boden wieder auf die Beine.

„AAAHHHHH!!" der Zombie äußerte seinen Unmut.

Das Monster stürzte sich erneut wütend mit offenem Mund und ausgestreckten Armen auf Jeremy zu. Jeremy hob die Signalpistole und zielte auf den Torso des Zombies.

SCHULD!

Im Bruchteil einer Sekunde flog der Zombie rückwärts durch die Luft und wurde von einer Fackel in die Brust zurückgeblasen.

Jeremy stand trotzig da und hielt seine rauchende Signalpistole hoch. Er sah wütend aus, und wenn Marija zugesehen hätte, hätte sie zugeben müssen, ziemlich krass.

„Alles klar, ihr Wichser, ich hatte heute fast genug", kündigte Jeremy an.

Jeremy hat einem anderen Zombie in der Nähe mit seiner Signalpistole den Kopf weggeblasen.

SCHULD!

Marija erreichte das offene Sandfleck in Küstennähe, das sie angestrebt hatte, dicht gefolgt von Zeb und dem kämpfenden Dr. Schmidt. Alle drei schauten zurück zu Jeremy und waren erstaunt zu sehen, wie er Zombies in der Ferne wegwehte.

Jetzt sah Marija zu.

„Wow", murmelte sie und war überrascht, wie sehr sie den Mann unterschätzt hatte, mit dem sie am Abend zuvor geschlafen hatte.

Dr. Schmidt sah sich um, geriet in Panik und erneuerte seinen Kampf.

„Warte! Wo sind Hugo und Doktor Romero? Ohne sie gehe ich nicht! Ich muss meinen Sohn finden!" Schmidt verlangte.

Zeb war streng und unbeeindruckt, gab aber auf, sich mit dem Arzt zu streiten. Er hatte zu viele andere Dinge, um die er sich Sorgen machen musste.

„Gut! Geh und finde sie. Vergiss die Strandflucht. Marija und ich können der Küste bis zum Hubschrauber folgen. Wir fahren in 15 Minuten los „, erklärte Zeb nüchtern.

KAPITEL 9

Schmidt rannte zurück über den Strand in Richtung Forschungszentrum, geriet in Panik und wich ausweichenden Zombies aus, die mit großen, ängstlichen Augen krabbelten.

Zeb und Marija rannten über den Sand in die entgegengesetzte Richtung. Die leicht plätschernden Wellen spritzten auf ihre Stiefel zu, als sie auf den Hubschrauber zusprinteten.

Schmidt stolperte und wich zu Jeremy hinüber, schnaufte und schnaufte vor der Anstrengung. Jeremy starrte ihn nur an.

„H-Hugo und... Dr. Romero werden vermisst... irgendwo. T-die anderen... warten am... h-Helikopter „, schaffte es Schmidt.

Jeremy hatte weitere Granaten in seine Signalpistole geladen, während Schmidt das erklärt hatte, gerade rechtzeitig, um dem Arzt zuzuhören, bevor er seine Waffe hob und feuerte, um einen Zombie auszulöschen, der sich an den aufgewühlten Mann herangeschlichen hatte.

Jeremy warf Schmidt einen kalten, ernsten Blick zu.

„Dann holen wir sie uns."

Jeremy hat sofort einem Zombie, der vorgetreten war, um ihm den Weg zur Forschungseinrichtung zu versperren, die Spitze des Kopfes weggesprengt. Hinter ihm, fast Rücken an Rücken, grub Dr. Schmidt ein Werkzeug zur Verschanzung aus seinem Überlebensrudel. Schmidt stach einem Zombie, der auf ihn losstürzte, direkt durch die Brust. Die Schaufel versank mit einem feuchten „Fleck" in das verrottende Fleisch!

Jeremy und der gute Doktor arbeiteten sich den staubigen Feldweg hinunter, tiefer in den dichten Tropenwald hinein, als Zombies aus allen Richtungen heranschwärmten. Auf dem ausgetretenen Pfad kämpften Jeremy und Dr. Schmidt weiter gegen die Zombies um sie herum. Jeremy schoss mit der Signalpistole und trat auf einen Zombie, wobei er ihn nach hinten warf. Schmidt schlug einem anderen Zombie mit überraschender Leichtigkeit den Kopf ab.

Eine menschliche Hand streckte sich aus einem nahe gelegenen Busch heraus und packte Jeremys Handgelenk fest.

Jeremy drehte seine Augen um, blinzelte kalt und richtete die Signalpistole direkt auf den Kopf des Greifers.

Dr. Romero geriet in Panik, als die Signalpistole gegen sein Gesicht drückte.

„Schieß nicht", flehte Romero.

Jeremy sah ihn an, kalt und genervt.

„Warum bist du nicht zum Strand gelaufen?" Fragte Jeremy.

„Ich... ich habe wichtige Forschungsarbeiten in meinem Haus, die ich nicht verlassen kann!" er stammelte.

Die Zombies schienen eine Flaute zu haben. Also steckte Jeremy die Signalpistole in seinen Hosenbund. Schmidt schwebte mit bereitstehender Schaufel in der Nähe.

„Nun, das ist schade, denn sobald wir Hugo gefunden haben, gehen wir zum Hubschrauber und gehen", sagte Jeremy.

Schmidt tippte Jeremy auf die Schulter und richtete seine Aufmerksamkeit auf ein nahegelegenes Haus, das teilweise durch die Bäume sichtbar war.

„Gut, denn das ist Hugos Haus", sagte Schmidt.

KAPITEL 10

Zurück am Strand näherten sich Zeb und Marija dem Hubschrauber.

Zeb rief: „Es sieht klar aus! Wir sollten in der Lage sein, sie vom Hubschrauber aus abzuwehren."

Zeb hielt inne und sah Marija grimmig an.

„Wenn sie in fünfzehn Minuten nicht hier sind, MÜSSEN wir gehen!"

„Warum warten? Sie sind wahrscheinlich tot!" Marija schrie zurück.

Zeb sah noch düsterer aus und war ein wenig angewidert über Marijas Antwort.

„Hmm..."

war alles, was er sagte, als er sich abwandte und ihre Aussage ignorierte.

Zeb betrat die dunkle, leer aussehende, offene Seite des Hubschraubers.

„Hier sollten ein paar Waffen und Vorräte drin sein..."

Aus der Dunkelheit sprang ein Zombiekopf heraus und kaute an Zebs Schulter.

„AHH!" Zeb schrie.

Mehrere weitere Zombies tauchten aus dem Hubschrauber auf und begannen, an verschiedenen Stellen an Zebs Körper zu beißen.

„AAAHHHHHHHHHHHHH!!!!!!!" Zeb schrie vor Qualen, als die Leichen Fleischbrocken aus seinem Körper zogen.

KAPITEL 11

Jeremy, Schmidt und Romero näherten sich vorsichtig der Eingangstür von Hugos Haus. Die schwere Vordertür war leicht geöffnet, und die drei Männer standen an der Tür und ertranken in stiller Besorgnis. Schmidt benutzte die Spitze seiner bewaffneten Schaufel, um die Tür langsam den Rest des Weges aufzustoßen. Die Männer blinzelten und blickten in das schattenhafte, unordentliche Haus. Sie gingen vorsichtig auf Zehenspitzen hinein, die Gemüter waren in höchster Alarmbereitschaft.

„Hugo?" Der Vater des jungen Mannes fragte laut, hoffentlich.

Die drei betraten langsam das Haus und gingen vorsichtig durch den ganzen Müll auf dem Boden. Jeremy hielt die Signalpistole mit beiden Händen, senkte sie vor sich und war bereit. Schmidt hing schlaff an seiner Schaufel und zog sie. Romero durchsuchte vorsichtig einen Schrank im Flur, fand einen Baseballschläger und hob ihn über seine Schulter.

Hugo stand am Ende des Flurs, der zum Schlafzimmer führte. Er trug eine Hose über seinem Ganzkörper-Latexanzug, die Kapuze war nach hinten gezogen, sodass sein Gesicht freigelegt war. Seine Augen waren verdunkelt und verfärbt, seine Wangen hatten eine seltsame, grüne Blässe, als ob sie zu verfallen begannen. Trotz der offensichtlichen Tatsache, dass Hugo sich in einen der Untoten verwandelte, denen die Männer verzweifelt auszuweichen versuchten, stand Dr. Schmidt aufrecht und selbstbewusst da, streckte die Hand nach seinem Sohn aus und wollte vortreten und ihn unter väterlichem Schutz ergreifen. Zu Hugos Füßen lagen die drei Zombie-Sexsklaven, die er in seinem Zimmer geheim gehalten hatte. Bei jeder untoten Konkubine wurde das Kontrollhalsband durch eine an einer Kette befestigte Halskette ersetzt, deren anderes Ende fest in Hugos Hand gehalten wurde. Die gefesselten Zombie-Liebhaber hockten sich in die Hocke und starrten die lebenden Menschen an, die es wagten, wie ausgehungerte Wildtiere in ihre feuchte Behausung einzudringen.

„Papa. Lernen Sie die Mädchen kennen", ertönte eine kratzige, distanzierte Stimme von Hugo.

Die Realität begann sich abzuzeichnen. Dr. Schmidt wurde schnell entsetzt.

„Mein Gott Hugo, was hast du getan?" Schmidt stammelte.

Hugos langsam zombifizierendes Gesicht sank. Er sah niedergeschlagen, besiegt und deprimiert aus.

„Ha... ich dachte, du wärst stolz auf mich gewesen. Wir hätten eine Menge Geld verdient „, meinte Hugo mit dieser distanzierten, sich schnell ändernden Stimme.

Hugo blickte auf und starrte mit seinen abgefuckten Augen und seinem grünen Gesicht.

„... wenn der Anzug nicht durchgesickert wäre", kratzten seine Stimmbänder heraus.

Schmidts Körper zitterte, überwältigt von Abscheu und Entsetzen.

„Geld? Ich brauche kein Geld! Das ist eine Abscheulichkeit!" Schmidt hatte mit Gefühlen des Verrats und der Tränen zu kämpfen.

„OH! Sag das nicht, Papa! Das sind nette Mädchen! Du musst sie nur kennenlernen!" Hugos Stimme kratzte und krallte sich durch jede Silbe und begann, dunkle Blutflecken auf seine Lippen zu spritzen.

Hugos verfärbtes Gesicht verwandelte sich in einen tiefen, verzerrten Blick vor Wut. Seine Hand befreite sich von den Ketten, die die hungrigen, versklavten Frauen festhielten. Die Ketten klapperten zu Boden.

Die drei Zombie-Mädchen stürzten sich auf Dr. Schmidt und fingen an, in ihn zu beißen, als er vor Angst schrie. Sein Gesicht wurde zu einer verdrehten Maske aus Angst und Qual.

„AAHHHH!!!!" der Arzt schrie.

„GAHH!!" Die rothaarige untote Konkubine stöhnte, bevor sie den schreienden Mann auf dem Boden anschnappte.

Plötzlich schnappte sich der Kopf des blonden Zombies in die Höhe, und ihr hungriger Blick lenkte sich auf Jeremy ab, der seit etwa der

Sekunde, in der er Hugo am Ende des Flurs mit einem Rudel Zombie-Hündinnen an Kettenleinen zum ersten Mal sah, langsam zu der Tür zurückgewichen war, die sie betraten.

Romero hatte nicht allzu lange gebraucht, um das Stichwort zu verstehen, und arbeitete sich auch rückwärts durch den Raum, immer noch ein paar Schritte näher an das Rudel der Untoten heran, das seinen Kollegen verschlang. Beide Männer waren entsetzt und angewidert.

Jeremy hob seine Signalpistole und schoss in das zischende Gesicht des blonden Zombies.

Jeremy und Dr. Romero rannten mit voller Geschwindigkeit aus dem Haus, Augen vor Angst. Als sie aus der Vordertür rannten, krallte und krallte die Bande von Zombies im Inneren, kletterte übereinander, verwirrt und hin- und hergerissen, ob sie die Jagd aufnehmen oder die Mahlzeit, die sie bereits auf dem Boden hatten, weiter verschlingen sollten. Die blonde Zombie, deren Kopf durch Jeremys Aufflackern nur teilweise zerstört worden war, rollte sich zusammen und krümmte sich auf dem Boden.

„Verschwinde verdammt noch mal von hier!" rief Jeremy aus und sprintete mehrere Meter vor Romero.

Eine atemlose, keuchende Marija tauchte durch die Bäume auf und sprintete in die entgegengesetzte Richtung auf die Männer zu, die aus dem Haus flohen. Als sie sahen, dass keiner den anderen essen wollte, machten alle drei Überlebenden Halt.

„Gott sei Dank! Leute, wir müssen eine neue Flucht finden. Sie haben Zeb erwischt und der Strand ist zu voll, um diesen Weg zu gehen ", erklärte Marija mit angehaltenen Atemzügen, „Vielleicht können wir maaaaaakkk..."

„FLUCH!"

Marijas Stimme hatte sich von panischem Sprechen zu einem angespannten Schrei mitten im Satz verändert. Ihre Augen, weit aufgerissen vor Schock, starrten über ihre Schulter, um in das Gesicht hinter ihr zu schauen. Zombie Hugos Gesicht strahlte einen intensiven, wahnsinnig bösen Blick aus, der zu ihr zurückblickte. Seine rechte Faust war von hinten durch Marijas Brust geplatzt. Die blutige Hand kam von vorne heraus, riss ihr aus dem Hemd und hielt ihr Herz in ihrer blutigen Klaue fest, eine Arterie, die immer noch in ihrer Brusthöhle befestigt war, sodass sie zu einer langen, gelehrten Schnur gespannt war. Jeremy und Romero erstarrten vor Schock; Jeremy wurde mit Marijas Blut bespritzt.

Zombie Hugo, dessen blutiger Arm immer noch bis zum Ellbogen durch Marijas Brust ragte, hob seine Hand auf sein Gesicht, hielt immer noch den Blick der schnell verblassenden Marija fest und biss ihr aus dem Herzen. Marijas Augen rollten zurück und ihr Körper wurde schlaff und leblos, die Augen weit aufgerissen und tot. Die Leiche der hispanischen Schönheit fiel in Zombie Hugos blutige, blutbedeckte Umarmung.

Zombie Hugos Blick richtete sich auf den schockierten Jeremy. Es war ein tiefer, wissender Blick. Langsam verwandelte sich der Blick, den Jeremy erwiderte, von Schock zu Wut.

Dann tauchte hinter Hugos laufender Leiche die frisch zombifizierte Dr. Schmidt auf, gefolgt von allen drei Konkubinen von Hugo; der blonden Konkubinen fehlte ein großer Teil der linken Seite ihres Kopfes. Blut und Teile des Gehirns baumelten an ihrer klaffenden Wunde. Was von ihrem Gesicht übrig war, sah wirklich sauer aus.

„MIST!" rief Jeremy aus.

In plötzlicher Panik hob Jeremy seine Signalpistole und feuerte nach dem Zufallsprinzip in das Zombie-Rudel.

„ESSEN!"

KAPITEL 12

Romero und Jeremy standen Rücken an Rücken.

Romero ging auf Zombies los, die gerade außerhalb der Reichweite schwebten, und Jeremy hielt sie in Schach, indem er seine Fackeln abfeuerte. Romero zeigte auf eine Öffnung in der Horde.

„Wir schaffen es! Wenn wir zu mir nach Hause rennen, habe ich Essen, einen Generator und einen sicheren Raum, in dem ich auf Rettung warten kann!" Dr. Romero flehte.

Ohne ein weiteres Wort zur Diskussion rannten die beiden den staubigen Feldweg hinunter und hinterließen eine Mauer verärgerter Zombies. Jeremy feuerte eine weitere Runde zurück auf sie ab, um die Monster davon abzuhalten, ihnen zu folgen.

„Okay, lass uns gehen!"

Sie rannten die staubige Straße hinunter und kamen an einem großen, knifflig aussehenden Holzschuppen direkt neben dem Weg vorbei. Es hatte ein paar dunkle Fenster mit Blick auf die Straße. Ein mit dem Dach verbundenes Stromkabel hing schlaff in der Luft in Richtung seines provisorischen Wassermastes und versorgte das Gebäude mit Strom.

„Was ist das?" Fragte Jeremy.

„Das ist der Geräteschuppen", erklärte Dr. Romero.

Jeremy machte eine Pause, die Augen zusammengekniffen, in Gedanken. Romero sah ihn ungläubig an.

„Was lagern sie da drin?" fragte er.

„ZEUG! Generatoren, Poolchemikalien, Benzin, Forschungsmaterial, warum?!?" Romero war verärgert.

Jeremy hob seine Waffe mit zusammengekniffenen Augen und sah aus wie ein Actionfilmheld.

„Finde ein Versteck... ich habe eine Idee."

Jeremy änderte die Richtung, rannte auf die sich nähernden Untoten zu, winkte mit den Armen und drehte sich auf der staubigen Straße im Kreis. Er verspottete und neckte die Monster, die langsam einholten.

Sein Display hatte funktioniert, die Aufmerksamkeit der Zombies auf sich gezogen und ihren Hunger geschürt. Der Schuppen stand im Hintergrund, die Vordertür war offen.

„Kommt schon, ihr stinkenden Ficker! Komm, beiß mir in den Hintern!" Jeremy schrie.

Jeremy rannte in den offenen Hauswirtschaftsschuppen. Er sah sich in den Beuteln mit Chlor, anderen Chemikalien und großen Gaskannen um. Bald näherten sich Zombies wütend, folgten ihm und drangen durch die enge Tür in den Schuppen.

Jeremy warf eine große Gaskanne um und überschüttete sie mit einem „Ploosh", als wütende Zombies anfingen, in den kleinen Raum zu strömen.

Jeremy öffnete eines der Fenster in der Nähe, als die Zombies ihre ausgedörrten und verdorrten Finger auf ihn zustreckten. Sie waren wütend und stolperten übereinander, während sie versuchten, die ersten zu sein, die sich von seinem Fleisch schlucken.

Jeremy kletterte aus dem Fenster und zog sich auf das Dach, während wütende Zombie-Arme krallten und mit der Hand schlugen und versuchten, ihn zu ergreifen.

„GAAAH!" ein Zombie schrie frustriert aus dem offenen Fenster.

In der Zwischenzeit blickte Dr. Romero, der sich im dichten Laub haitianischer Bäume und Büsche direkt neben dem Weg versteckt hatte, auf und sah einen großen, wütenden einheimischen Zombie, der ihn bedrohte.

„ARR!"

Romero nahm dem Zombie mit seinem Baseballschläger den Kopf ab, was ein lautes Popgeräusch von sich gab. Der Arzt kam rechtzeitig, um zu sehen, wie sich ein weiterer Zombie an ihn heranschlich.

Jeremy hing jetzt kopfüber an der Wasserleitung, die am Dach befestigt war. Seine Hände und Beine waren um das Kabel geschlungen und kletterte langsam vom Gebäude weg. Im Schuppen wimmelte es jetzt nur so von Zombies, alle wütend und zupackend. Einige versuchten, vom Fenster aus aufs Dach zu klettern, so wie sie Jeremy kurz zuvor gesehen hatten.

Romero wehrte Zombies mit seiner Fledermaus ab und geriet in Panik, die Augen vor Angst aufgerissen; Jeremy baumelte am Kabel. Der bärtige junge Mann zog seine Signalpistole und zielte auf das Fenster des Wirtschaftsschuppens.

„WAS AUCH IMMER DU TUST, BEEIL DICH!" Romero rief aus seiner Position, in der er Zombies verprügelte, in den Bäumen.

„Foooooooooosh".

Jeremy feuerte eine Leuchtkugel in das mit Zombies überfüllte Schuppenfenster.

„KA-BOOOOOM".

Im Schuppen brach eine massive Explosion aus. Der Boden bebte, als ein Feuerball und Rauch in die Luft aufstieg und Glasstücke, Holz und Zombie-Teile in alle Richtungen und in die Atmosphäre emittierte. Jeremy klammerte sich immer noch an das Netzkabel und fiel schnell durch den Weltraum, jetzt, wo an einem Ende kein Gebäude mehr befestigt war.

Romero geriet in Panik, als ihn ein kleines Rudel von Zombies voller Glas und Holzscherben umkreiste.

Der Stiefel von Jeremys rechtem Fuß trat einem Zombie sofort den Kopf von den Schultern, als er direkt in das Rudel der Untoten schwang, die immer noch die Stromleitung umklammerten. Als er vorbeikam, feuerte er eine Leuchtkugel in die Menge ab, befreite das dünne Kabel und landete auf einem anderen Zombie, der sich an Romero herangeschlichen hatte. Er nutzte den Zombie, um seinen Sturz zu bremsen, und zerquetschte bei der Landung seinen weichen, verrotteten Kopf und das Gehirn darin unter seinem mit Goren bedeckten Stiefel.

Jeremy stand aufrecht da, stolz darauf, ein Mann zu sein, der sich der härtesten Herausforderung gestellt hatte, von der man nur träumen konnte. Er setzte sich nicht nur durch, sondern beschützte auch andere.

Er feuerte erneut, wehte einen weiteren Zombie weg und verschreckte den Rest des durcheinander geratenen Rudels zurück.

Romero sah auf sein Bein hinunter und kicherte sarkastisch. Er streckte die Hand nach unten, hielt es fest und zuckte vor Schmerzen zusammen. Ein großes Stück Glas und mehrere fingergroße Splitter, Überreste des explodierten Geräteschuppens, ragten durch sein Bein. Blut sickerte unmissverständlich heraus.

„Ha... das könnte ein Problem sein." Der Arzt kicherte hoffnungslos.

„Oh Mist!" Jeremy platzte.

ROMERO, DER VERZWEIFELT und besiegt aussah, griff in seine Tasche, zog einen Schlüsselsatz heraus und bot ihn Jeremy an. Jeremys Herz sank. Sein Stolz verflog. Die Erkenntnis, dass sein eigenes Handeln seinem Freund eine grausame Verletzung zugefügt hatte, die aller Wahrscheinlichkeit nach zu seinem Tod führen würde, versetzte ihn in Traurigkeit.

„Nimm meine Schlüssel und renne voran. Wenn ich es nicht schaffe, wird mindestens einer von uns überleben ,, wies Dr. Romero an.

Jeremy sah streng aus, verstand es aber und reichte Romero seine Signalpistole und die restlichen Granaten. Im Gegenzug nahm er Romero die Schlüssel zusammen mit seinem Schläger ab.

Jeremy legte eine Hand auf Romeros Schulter und sammelte all seine Willenskraft, um Romero streng und selbstbewusst in die Augen zu schauen.

„In Ordnung. Dann nimmst du die Signalpistole. Dann sehen wir uns bald ,, wies er den älteren Arzt an und befahl ihm fast.

Jeremy rannte den Feldweg hinunter, als Romero einen Schuss auf einen sich nähernden Zombie abfeuerte.

Die FASH-Geräusche der abgefeuerten Fackeln wurden immer leiser, als Jeremy die Straße entlang rannte.

KAPITEL 13

Romero kämpfte sich langsam die Straße hinunter, lehnte sich an einen Baum und feuerte noch ein paar Schüsse auf Zombies ab. Der späte Nachmittag war in den frühen Abend übergegangen, und er bemerkte, dass sich der Himmel verfärbte, als die Sonne unterging und das Tageslicht, das er bot, zu verebben begann.

Romero feuerte einen weiteren Schuss auf einen einsamen Zombie ab, der auf der Straße vor ihm lag. Es war noch dunkler geworden, als die Sonne in Haiti schnell unterging.

Eine kurze hinkende Wanderung später näherte sich Romero der Vorderseite seines Hauses, das von innen von Lichtern beleuchtet wurde.

„Gott sei Dank, ich habe es geschafft!" rief Romero niemandem gegenüber laut aus.

Romero fand die Tür unverschlossen, öffnete sie und blickte vorsichtig hinein. Es sah aus, als ob Schubladen und Schränke bereits nach Vorräten durchsucht worden waren. Alle Lichter waren an, aber das Haus schien leer zu sein.

„Jeremy?" Dr. Romero hat gerufen.

Darauf gab es keine Antwort.

Der Arzt nahm sich einen Bruchteil einer Sekunde Zeit, um seine Optionen abzuwägen und zu erkennen, dass er sich hinter den vier Wänden seines Hauses mit verschlossener Tür viel sicherer fühlen würde als draußen im Freien, unabhängig davon, ob Jeremy noch da war oder nicht.

Er trat ein und schloss die Tür von innen ab.

Jeremy muss sich schon umgesehen haben und sich auf den Weg zur Werkstatt gemacht haben. Ich bin mir sicher, dass ich etwas über meine Forschungen mit dem Zuchtpaar erklären muss, aber er muss verstehen, wie wichtig meine Forschung ist, dachte Romero bei sich.

Romero humpelte den Flur entlang und betrat die Werkstatt, wobei er schmerzhaft die Treppe hinuntertaumelte. Nur ein schwaches Licht beleuchtete den Raum kaum. Im schwachen Licht erkannte Romero die Silhouette von Jeremy, der immer noch den Schläger in der Hand hielt.

„Gott sei Dank hast du es geschafft! Ich kann die Zombies in der Zelle erklären „, stammelte Romero hastig.

Romero drehte sich um und schaltete den Lichtschalter in der Nähe ein.

„Ich bin einfach froh, dass ich es trotz meiner Verletzungen lebend hierher geschafft habe...“

Romero fuhr geistesabwesend fort.

Romeros Stimme erstickte vor Angst. In der jetzt beleuchteten Werkstatt konnte er sehen, dass die Werkbänke umgedreht waren. Der Zombie-Pen war geöffnet. In der Mitte des schmuddeligen Raums stand Jeremy. Er hatte eine klaffende Wunde am Hals und eine weitere an seiner Schulter. Seine Haut hatte eine blasse graugrüne Blässe angenommen und seine dunklen Augen leuchteten. Kleinere Bissspuren waren auf seinem Gesicht, seinen Armen und Beinen zu sehen. Er hielt das nasse, blutige Zombie-Baby in der Hand.

Hinter ihm, auf der linken Seite, stand die Zombie-Mutter, ein großes Loch, wo sich ihr Magen befand. Sie sah bedrohlich aus, frei von jeglichem Kontrollhalsband. Neben ihr stand der „Vater“, wütend und hungrig. Auch ihm fehlte sein Kontrollhalsband. Alle vier untoten Wesen richteten ihren ausgehungerten Blick auf Romero.

Ein angespanntes, kratzendes Geräusch, das von Jeremy ausgestrahlt wurde.

„Herzlichen Glückwunsch... Es ist ein Junge!“

DAS ENDE.

Also by Mike Gagnon

Orlok
Orlok

Standalone
Skidsville
The Island of Dr. Morose
The Illusion of Freedom
A Letter to the Middle East
A Western Gentleman
Project Magenta
Die Insel von Dr. Morose
La isla del Dr. Morose
L'île du Dr Morose

Watch for more at www.mikegagnon.ca.

About the Author

Mike Gagnon is an author living in the Niagara Region of Canada.

He has been a professional writer and comic creator since 2000. He has written, illustrated and edited hundreds of books, articles and graphic novels.

Mike has worked for publishers of all sizes, from Marvel Comics to many small press publishers.

For more info visit: www.mikegagnon.ca

Read more at www.mikegagnon.ca.